JE SUIS FAITE COMME ÇA

Juliette Gréco

JE SUIS FAITE COMME ÇA

Flammarion

TEXTE INTÉGRAL

ISBN 978-2-7578-3168-7
(ISBN 978-2-0812-5489-3, 1re publication)

© Flammarion, 2012

Mais quand mes yeux sont trop brillants
Du sel du malheur qui les brûle
Les siens deviennent noirs d'oubli
Il me semble le voir souvent
Et du plus profond de moi-même
Éclabousse un rire d'enfant

L'Enfant secret, 1975

Enfant terrible

1

L'enfant secret

Je suis si petite.

Je n'ai que quatre ou cinq ans. Malgré le départ de notre mère, je ne suis ni triste ni inquiète, car ma sœur, Charlotte, est près de moi. Sa présence me rassure, me suffit.

Je m'aventure à la découverte de chaque recoin de la maison de mes grands-parents. Entourée d'un grand jardin, cette demeure, dont un perron marque l'entrée, est une belle bâtisse bourgeoise du Bordelais.

Je connais chacune de ses pièces, m'y promène comme un chat, pour le plaisir du moment. Je me glisse sous la table massive de la salle à manger, où on ne me verra pas. Je me cache dans le bas du buffet, sombre et imposant. J'observe en cachette les domestiques dans la buanderie, je me dissimule dans la remise où sont entassés de vieux meubles, des chaises, des fauteuils en osier. J'aime me réfugier dans la cave à vin, sentir la douce odeur du bois humide.

Mon ourse, que j'ai surnommée Oursine, m'accompagne. Elle est ma meilleure compagnie, mon amie. Je l'ai recousue plusieurs fois, j'ai réparé ce petit être qui me suit partout ou presque.

Dès que les domestiques ont fini leur service, que toute la maison semble endormie, je me faufile dans la cuisine, ouvre le grand vaisselier en tournant doucement la clef et assouvis ma gourmandise. Je chipe quelques biscuits, plonge mes mains dans le bocal de raisins secs et mon doigt dans les pots de confiture ouverts. Ce petit jeu me remplit de plaisir.

Je ne suis pas une enfant très sage, mais une nature joyeuse dotée d'un caractère solitaire et rêveur. Et, il faut bien le dire, je suis réfractaire à beaucoup de choses. J'aime que l'on me laisse tranquille et je refuse les contraintes.

Quand l'envie m'en prend, je file dans le parc préparer des élixirs de plantes, de pétales de fleurs. Le silence et la discrétion sont mes armes. Je vois encore ma grand-mère, ulcérée, répéter : « Que va-t-on faire d'elle ? Elle n'entend rien, elle oppose la force d'inertie ! »

L'adulte me voit triste, taciturne… ou bête.

*

Ma grande sœur, Charlotte, est la lumière vivante qui me réveille, m'appelle de son regard complice. Pour elle, je danse, je crée des chorégraphies. J'aime déployer mes ailes, virevolter, sentir l'air et l'espace. Je ris et j'oublie. Je parle avec mon corps et c'est ce qui me plaît : me taire et le laisser s'exprimer. Charlotte aime jouer mon manager, me corrige, un peu sévèrement parfois : une claque tombe par surprise lorsque je fais des erreurs.

Ma petite enfance n'est ni très heureuse ni très malheureuse. Elle est juste sans amour maternel et sans père. La grande maison est un refuge. Matériellement, nous ne manquons de rien. Ma mère est partie, elle nous a tout simplement laissées, ma sœur et moi, à des personnes âgées : nos grands-parents.

La forte personnalité de notre grand-mère et la douce discrétion de notre grand-père accompagnent notre vie.

*

Ce soir, ils vont à l'Opéra. Passant ma petite tête par la porte entrouverte de sa chambre, je regarde ma grand-mère choisir les bijoux qu'elle portera pour éclairer sa robe noire.

Devant la glace ovale de la coiffeuse XVIIIe au plateau de marbre de Paros, elle se penche légèrement et essaye des boucles d'oreilles, deux perles, puis accroche sa barrette de diamants, ornant délicatement son décolleté. Les cheveux relevés en chignon, avec sa fière allure et sa gaieté, elle accompagnera son mari tant aimé.

Je conserve de ce couple une image joyeuse et touchante. Ils s'aiment profondément et se taquinent sans cesse. À l'autorité excessive de sa femme envers les domestiques, Grand-père n'objecte rien. Pourtant, certaines scènes m'ont marquée pour le reste de mon existence. Je revois ma grand-mère enfiler des gants blancs et, après avoir passé son doigt sur les meubles, appeler la femme de chambre : « Mademoiselle, venez là, s'il vous plaît ! » Elle tend son doigt ganté, taché de poussière, et la questionne du regard en levant le menton, sans un mot. La dureté de son regard me glace.

Je l'ai même vue congédier une domestique et lui demander de laver le perron en partant. Sa colère était alors suscitée par la jalousie. Car mon grand-père ne pouvait s'empêcher d'aller parler au fond du jardin à cette magnifique créature de dix-sept ans aux yeux menthe à l'eau. Mais, pour résoudre l'affaire, il savait s'y prendre : il emmenait ma grand-mère au théâtre, puis ils allaient souper, buvaient du champagne et mangeaient du foie gras. De retour à la maison, les choses s'étaient calmées.

Au quotidien, les repas sont assez protocolaires. Mon grand-père fait le signe de croix sur le dos du pain. Les enfants mangent à table avec les grands-parents qui, avec l'âge, ont pris l'habitude de dîner plus tôt.
À cette époque-là, nous soupons à six heures et demie ou sept heures. Il nous est interdit de parler. Ma grand-mère pose mille questions à mon grand-père et le titille sans arrêt.

Elle est drôle comme tout. Ma grand-mère aime régenter et parler. Lui, répond plus qu'autre chose. Face à son épouse, mon grand-père, architecte notoire de la ville de Bordeaux, capitule, préférant une certaine tranquillité et le silence. Parfois, une pointe de révolte apparaît, tout en finesse et drôlerie.
Les seules fois où je l'ai vu faire preuve d'insolence,

j'étais cachée, comme à l'accoutumée. Ma grand-mère avait une amie proche qui s'appelait Merdiane et elle a dit : « Mon amie Merdiane vient prendre le thé. » Mon grand-père a répondu simplement : « Ouvrez les fenêtres. »

Je me souviens aussi d'une scène à table. Ma grand-mère lui a dit : « Mon ami, vous avez reçu vos chemises neuves, vous les avez essayées ?

– Oui, oui, ma mie, je les ai essayées », puis un grand silence. Ma sœur et moi attendions un rebondissement… « Vous voyez, de là à là, j'ai froid. » Il montrait la distance entre la fin du poignet et le début de la chemise, c'est-à-dire un centimètre.

Insolence ou humour. Je n'ai jamais su. C'était à l'évidence un drôle de phénomène.

2

De génération en génération

Dans la famille, de génération en génération, les femmes se transmettent leur prénom et, en prime, leur fort caractère. Et lorsque le sang corse s'en mêle… cela donne, moi.

*

Mon arrière-grand-mère, Maria Luisa, fut veuve très tôt, et riche héritière, tout comme le sera son unique fille, ma grand-mère, Charlotte.

Le destin aurait-il choisi de forger une lignée de femmes indépendantes ? Peut-être.

Mon arrière-grand-mère montait à cheval comme un homme, aimait les corridas et vivait libre et heureuse. Sa fille, belle aux traits fins et aux grands yeux émeraude, n'a pas quinze ans lorsqu'un gentilhomme, grand voyageur et homme politique, demande sa main.

Maria Luisa la lui accorde, mais le somme d'attendre le temps qu'il faudra pour que la jeune fille, encore si enfantine, devienne une femme.

Le bel homme est à la hauteur de cette relation amoureuse. En cadeau de noces, il offre à sa jeune épouse une poupée de la taille d'un tout petit enfant de trois ans ; un trousseau complet, des jouets, des dînettes, des chaussures sont rangés avec soin dans des armoires à sa taille. L'univers de la poupée est là. Magique. Et, pour la ravir plus encore, il fait installer une serre remplie d'oiseaux exotiques. Elle les contemple, les admire.

Quatre saisons s'écoulent et Charlotte, amoureuse, se glisse dans les draps de son mari.

Le couple vit dans l'harmonie et les passions, mais, l'année suivante, il décide de lui faire découvrir Paris.

Après avoir offert à son épouse un repas en tête à tête dans le meilleur restaurant de poissons et de crustacés de la capitale, il succombera à une intoxication alimentaire. Charlotte, qui n'a que dix-sept ans, survivra, mais veuve. Désespérée, elle retournera chez sa mère.

*

Les années de deuil passent et son cœur demeure inconsolable, jusqu'à la rencontre d'un homme d'une trentaine d'années, architecte de son état. Maria Luisa aime son regard intelligent et sa haute stature.

Il n'est pas riche, mais il semble cultivé, ce qui la convainc. Une chose, pourtant, la dérange. « Comment peut-on épouser un homme qui a d'aussi grands pieds ? » grommelle-t-elle entre ses dents. Mais elle finira par l'accepter, lui et ses grands pieds.

Charlotte a un caractère indépendant mais n'a ni l'étrangeté ni la fougue de Maria Luisa. Jamais elle n'oserait s'asseoir dans les hautes herbes, dérouler ses bas devant son valet, qui, tout à sa dévotion, attend le moment où sa maîtresse lui demande de lui masser les pieds. Charlotte ne s'autorise pas les libertés de sa mère. Elle a conscience de son rang social et de son statut.

Elle gère son domaine et le personnel comme un chef d'entreprise mais n'entretient jamais de relations amicales avec les domestiques. Elle les ignore, tout simplement. Elle ne voit en eux que des êtres d'une race inférieure et n'a de regard que pour les gens de même souche qu'elle, de même caste.

Femme du monde, élégante, chapeautée hiver comme été, Charlotte a de l'affection pour ses chiens, un lévrier gris russe et quatre pékinois. Elle adore les soirées, les dîners, recevoir des amis notables de la région, dont l'écrivain François Mauriac, son voisin et futur prix Nobel de littérature, qui aime parler d'architecture et de littérature avec son mari.

*

Charlotte n'aura qu'un enfant, Juliette, ma mère, avec son second mari.

L'enfant unique grandit dans ce domaine familial entouré de vignobles. Juliette se prend de passion pour les chevaux et, à son tour, devient bonne cavalière. Elle reçoit une éducation simple, aimante, avec toute la retenue et la rigueur du milieu bordelais, catholique et aisé, de l'époque.

Très vite, l'adolescente rêve de quitter l'univers confiné de sa famille et de suivre des cours à l'école des Beaux-Arts de Paris. Mais, dans cette société bourgeoise du début du XXe siècle, une jeune femme n'est pas autorisée à vivre seule dans la capitale.

La détermination de Juliette aura pourtant raison de ces préjugés et, avec l'accord tacite de ses parents, elle s'installe à Paris.

C'est dans la capitale que, quelques mois plus tard, elle rencontre Gérald Gréco, policier d'origine corse, de trente ans son aîné. Ce bel homme aux yeux d'or, petit mais suprêmement élégant, la séduit et la demande en mariage.

Ils emménagent ensemble et Juliette continue ses cours à l'école des Beaux-Arts, mais le désenchantement arrive brutalement. Le policier Gréco est muté à Ferney-Voltaire. Le couple doit quitter la capitale.

*

Quelques mois après leur départ naît une première fille, Charlotte, ma sœur aînée. Deux ans plus tard, le commissaire spécial Gréco est muté à Montpellier. Le 7 février 1927 vient au monde une seconde fille, celle de trop. Moi.

Associée au renoncement, je suis la cadette non désirée, l'inutile dans la descendance, une fille de surcroît. Mon père espérait un garçon.

Trois années se passent dans l'incompréhension et la violence et ma mère quitte son mari, fuit, vole vers l'indépendance. Un enfant sous chaque bras et une grande valise pour tout bagage.

Elle rentre chez ses parents, séjourne quelque temps

dans la demeure familiale où elle reprend des forces et, annonce qu'elle veut regagner Paris.

Elle choisit de partir seule, sans ses filles.

*

Un matin du printemps suivant, la maison s'agite. Grand-père et Grand-mère demandent aux domestiques de fermer portes et volets du rez-de-chaussée de la maison et nous interdisent de sortir. « Vous n'irez pas à l'école aujourd'hui. Votre père veut vous emmener avec lui ! » dit Grand-mère.

Le couple attend l'ennemi de pied ferme. J'entrevois mon géniteur dans l'embrasure d'un volet. Mon regard d'enfant lui trouve une allure inquiétante. Mon grand-père se poste sur le pas de la porte, brandit sa canne et lui assène d'une voix forte et théâtrale : « Partez, vous n'êtes qu'un gredin ! »

Je ne peux m'empêcher de rire en voyant Grand-père agiter sa canne telle une épée et poursuivre l'homme en faisant de grands mouvements saccadés derrière lui.

L'année suivante, notre père lance une nouvelle requête. Il souhaite nous emmener à Montpellier pour une quinzaine de jours de vacances. Nos grands-parents, que mon père menace d'une procédure de demande de garde, acceptent.

Et un beau matin du mois de juillet, la cloche sonne. Mon grand-père sort sur le perron et, le visage crispé, salue brièvement mon père, cet homme aux cheveux gominés, habillé pour l'occasion d'un costume clair et de chaussures assorties. « Bonjour, monsieur », dis-je timidement du haut de mes sept ans en emboîtant le pas à Grand-père. Charlotte le salue à son tour d'un simple « bonjour ». Il ébauche un sourire. Nous sommes prêtes, notre chandail à la main, une valise chacune. « Passez de bonnes vacances, les enfants », nous dit calmement mon grand-père, tout en colère contenue.

Ma sœur s'installe à l'avant du véhicule et je me glisse sur la banquette arrière, collée à la portière. Nous roulons sans parler.

*

Je ne garde pas en mémoire de moments exceptionnels ou de retrouvailles émouvantes avec mon père. Je me souviens seulement du jour où, ma sœur à l'avant, moi à l'arrière, collée à la portière comme à mon habitude, roulant sur les petits chemins sinueux qui mènent au bord de mer, le loquet de la poignée s'ouvre brusquement et je chavire de tout mon poids hors du véhicule. Roulée, je me retrouve dans le fossé tapissé d'herbes sèches. Il me faut quelques secondes pour reprendre mes esprits.

Ébouriffée comme un animal, je tends chacun de mes membres et les secoue. Je me relève doucement et regarde la route, bordée de champs de blé coupé à perte de vue. De chaque côté, des ballots de paille mais pas âme qui vive et pas de voiture.

Calme, assise sur le talus, j'attends. Ma sœur et mon père ne s'aperçoivent de rien avant d'arriver à la plage, la portière de la voiture s'étant refermée automatiquement. Ils font alors immédiatement demi-tour.

Lasse d'attendre, je m'étais levée et j'avais commencé à marcher sur le côté de la route, d'un pas tranquille.

Une fois au bord de la mer, nous courons sur le sable, nous amusons, mais il ne s'occupe pas de nous. Il est tout à son championnat d'escrime, qu'il disputera et gagnera d'ailleurs. Je dois rester au bord de l'eau, faute de savoir nager. Mais, imprudente, j'avance et je perds pied. Je m'affole et pousse un cri de panique. C'est un baigneur qui vient me secourir alors que mon père, en costume et cravate, m'explique après coup n'avoir pas voulu abîmer ses chaussures flambant neuves.

J'ai eu très peur.

Depuis ce jour, j'ai avec l'eau des rapports prudents. Je n'ai étrangement gardé aucun souvenir de la suite de ces vacances.

*

Puis les années ont passé, sans échanges et sans nouvelles.

En 1952, Anne-Marie Cazalis consacre un article dans *Elle* à mon histoire. Pour donner un peu plus d'émotion à son reportage, elle organise un rendez-vous avec mon père, près de chez lui, à Nice, lors d'une tournée. Je reste impassible. Nous posons. Georges Dudognon photographie la scène.

Le vieil homme, Gérald Gréco, sourit. Anne-Marie est contente, elle a fait un « coup ». Moi, je suis sidérée, vide de cette rencontre inutile. Stérile. Je n'avais rien à dire à cet homme que je ne connaissais pas.

Le père que je porte en moi, qui est parti trop tôt et

qui me manque encore, est mon grand-père. Je garde de ce bon et vieux monsieur le souvenir d'un bel homme protecteur, tendre et aimant.

Dans le cadre religieux et assez austère de l'éducation que nous recevions, je ressentais de sa part une chaleur humaine, une empathie et une force paternelle.

J'ai toujours pensé qu'il comprenait mon mutisme, qu'il entendait ce que je ne disais pas dans ce silence que ma grand-mère vivait comme une forme de refus. J'aimais tellement marcher à ses côtés, sentir sa grande main envelopper la mienne. Ce silence nous unissait.

En fermant les yeux, je peux retrouver l'odeur du bois de son crayon, taillé par son canif. Son atelier baigne dans la lumière, le parquet craque sous les rayons du soleil et, assis sur son haut tabouret, face à sa table à dessin inclinée, l'architecte fait glisser le té, trace des traits mystérieux. De temps en temps, il se redresse, lève la tête, pose son crayon sur l'oreille, semble méditer, puis le reprend et recommence à dessiner.

L'atelier est envahi de cartons à dessin, de rouleaux de calque, de pinceaux. Contre le mur, entre deux fils tendus, sont accrochées des esquisses tenues par des pinces en bois.

Je revois les moments où, petite souris, je ne me montre pas, j'observe les dessins et les plans et apprécie la découverte de l'instant, le mystère des risques.

*

Mon grand-père s'est éteint sur un lit d'hôpital ; la veille, nous sommes venues le visiter. Il m'a caressé la tête et m'a dit gentiment : « Au revoir. »

À l'aube, il était mort.

« Grand-père est mort », m'a dit Charlotte. Je suis restée figée, assommée par ces mots. Puis j'ai voulu déjouer la réalité, la conjurer. Je me suis précipitée hors de la maison, jetée à genoux sur les graviers de l'allée. « Je vais commettre une action expiatoire et il va revenir », ai-je naïvement pensé.

Je suis restée longtemps à genoux. Saignant. En vain.

Je me souviens du sentiment de haine qui m'a envahie lorsque la famille m'a forcée à embrasser ce corps inanimé. Je refusais sa mort. C'était la première trahison de ma vie.

Pourquoi ces gens m'arrachaient-ils mon grand-père ? Je me sentais seule, si seule.

Je compris alors que plus rien ne serait comme avant. C'était la fin de mon innocence, le début d'une grande solitude et d'un vide que rien n'a jamais su combler.

3

Adieu l'enfance

Les jours s'écoulent tristement depuis la mort de Grand-père.

Cet après-midi d'été, la lumière passe à travers les jalousies. Le silence est pesant. Je regarde ma grand-mère, installée dans le fauteuil. Inconsolable, elle brode les contours d'un mouchoir sans même s'apercevoir de ma présence. Nous sommes seules – en ce dimanche, les domestiques sont partis et ma sœur est à une fête chez une camarade de classe – quand, tout d'un coup, Grand-mère tombe de son fauteuil, victime d'un malaise. Je me précipite, observe son visage, figé dans l'instant, si pâle, ses yeux clos. Comment redonner vie à ce corps inerte ? Le souvenir des soins revigorants, cérémonial mensuel si important qu'opéraient mes grands-parents, me revient à l'esprit. On place des sangsues derrière les oreilles qui plantent leurs dents pointues dans la chair et se gorgent de sang jusqu'à satiété avant de se décrocher naturellement. Il suffit ensuite de les remettre dans le bocal d'où on les a extraites pour les laisser dégorger.

Sur la table à ouvrage, j'attrape la paire de ciseaux à broder et, la tenant entre mes petits doigts, j'entaille d'un coup sec le lobe de son oreille. Le sang jaillit et ma grand-mère tressaille vivement. Je me redresse, cours, dévale les marches du perron et vais chercher du secours auprès d'une propriété voisine.

*

Lorsque Grand-mère se réveille, elle n'a plus toute sa raison. Cet accident l'a transformée à jamais.

Elle n'est visiblement plus la même, elle a perdu ses repères. Mon grand-père a emporté l'esprit de ma grand-mère avec lui.

Elle sombre dans la folie et appelle son mari à toute heure de la journée. Elle ne nous reconnaît plus et se promène nue dans la maison. Le choc est énorme pour l'enfant que je suis. Je n'imaginais pas Grand-mère nue, alors la voir !

Tout va très vite, notre mère revient pour prendre la situation en main. Nous ne pouvons plus vivre dans cette maison et Grand-mère ne peut rester seule. Ma mère décide de vendre les meubles, de congédier les domestiques et de nous emmener toutes les trois à Paris. Chaque volet de la belle demeure se ferme.

Ce soir-là, nous nous dirigeons tristement vers la gare. Le train pour Paris est déjà à quai. Notre grand-mère marche lentement aux côtés de sa fille. Silencieuse, mon ourse serrée sous le bras, je monte dans le wagon et talonne Charlotte dans le couloir, puis m'assieds à ses côtés sur une banquette froide.

Je serre Oursine un peu plus fort. Ma mère est notre guide. Nous la suivons. Une page se tourne.

Après quelques mois très difficiles, Grand-mère est placée dans une maison de repos. Elle n'y survivra pas.

4

Un amour à sens unique

Notre mère n'arrive pas à gérer notre arrivée dans sa nouvelle vie.

Elle ne sait pas qui nous sommes. Si tendresse il y a, elle est maladroite. Elle nous installe dans son bel appartement du quartier de Saint-Germain-des-Prés.

Charlotte et moi partageons une grande chambre, mais les rires et les jeux ne sont plus au rendez-vous. Je regrette l'odeur de la grande demeure, ses boiseries cirées et la volupté de la rosée du matin dans le jardin.

*

En 1936, ma mère milite pour le Front populaire aux côtés de Léon Blum. Elle rencontre Élie Faure, historien reconnu depuis la publication de sa fameuse *Histoire de l'art*, intellectuel apprécié de tous les milieux culturels. C'est aussi un homme engagé à gauche. Il soutient les républicains espagnols et se rapproche du Parti communiste.

Quelquefois, ma mère m'emmène chez lui. Cet homme est calme, son regard ne juge pas ; ses paroles sont chaleureuses. Il lui arrive même de m'extirper quelques mots. C'est Élie Faure qui, très tôt, a pressenti que la danse classique me plairait. Ma mère et lui seront amis intimes jusqu'à sa mort, en 1937, à l'âge de soixante-quatre ans.

Il n'aura pas eu le temps de tenir dans ses mains l'ouvrage de ma mère. *Visages* est le titre de son essai sur l'esthétique, publié dans une jeune et éphémère maison d'édition. Elle le signe sous le pseudonyme d'Élise Gaubry, contraction du nom du premier mari de sa mère et du prénom féminisé de son ami Élie Faure.

C'est une réflexion sur la beauté des courbes du visage féminin. On y trouve également des conseils sur l'art du métier d'esthéticienne.

Énergique et entreprenante, durant cette même période, elle fait installer un cabinet d'esthéticienne dans une partie de son appartement.

Caractère ambigu, déterminé et sensible à la fois, elle avance dans la vie avec la force d'un guerrier.

*

Ma mère était une enfant désirée, aimée, choyée. Sa force est le fruit de cette enfance heureuse. Son caractère affirmé et son courage, l'héritage de sa grand-mère, Maria Luisa. Elle, elle respire le vent de la liberté. Elle en oublie de donner à son tour de l'affection. Ses propres enfants la dérangent. Je suis une erreur de parcours.

Lorsque mon visage placide et mes yeux questionneurs rencontrent les siens, je l'excède. « Tu es le fruit d'un viol », me dit-elle dans un accès de colère. Du haut de mes quelques années de vie, je me demande bien à quoi ressemblent cet arbre et ses fruits…

Parfois, elle interroge mon imagination d'une terrible affirmation : « Tu es une enfant trouvée ! » Où ? Quand ? Je souffre.

Moins je reçois d'amour, plus je me renferme. Je suis devenue silencieuse et imprévisible. Il m'arrive même de me lancer des défis dangereux.

Un beau jour de printemps, j'entreprends de faire le tour de la cour en longeant la corniche du cinquième étage de l'appartement parisien, à peine assez large pour y poser les pieds et les faire glisser l'un après l'autre, le corps face au mur, surplombant le vide. Je n'avais pas prévu la colère de ma mère à mon retour par la fenêtre de son bureau, ni sa folle terreur.

*

Je suis une enfant terrible.

De professeurs particuliers en établissements catholiques, j'ai réussi à ne pas fréquenter les mêmes enseignants plus de trois mois. Avec comme bouclier mon silence et mon regard noir, brillant, interrogateur, l'adulte ne résistait pas, me renvoyait ou démissionnait. « Rien ne l'intéresse. Elle ne parle pas, fait non d'un signe de tête et soutient le regard avec insolence », répétaient de concert mes professeurs.

Libre, j'étais libre, c'était le seul sentiment qui remplissait mon petit être. Personne n'avait de prise sur moi. C'est ce que se rappellent les sœurs et les pensionnaires de l'institution religieuse dans laquelle ma mère m'envoie à l'automne 1939. Loin d'elle et de sa vie amoureuse, à Montauban, dans le Sud-Ouest.

Je fais ma rentrée dans cette pension qui abrite un cloître, une chapelle, des bâtiments aérés, un parc magnifique. La beauté de ce lieu m'apaise.

Les fleurs sont belles, la nature sent bon. Je m'allonge dans l'herbe, les bras en croix, et j'attends le Dieu que l'on me promet. J'aime ce sentiment mystique. Je ne parle à personne. Je fais comme les autres. Le matin et le soir avant de me coucher, je me lave sous ma chemise de nuit. Pour mes camarades, je semble un peu folle, ailleurs. C'est bien ainsi, je préfère être seule qu'avec les filles de mon âge.

Pourtant, mes camarades de chambrée se souviendront de moi car, convoquée dans le bureau de la mère supérieure, je révélerai haut et fort, fenêtre ouverte sur le jardin, ce que toutes les pensionnaires n'osaient dénoncer.

La surveillante de nuit, une sœur aux grands yeux et aux cheveux noirs éclairés de fils d'argent, aux seins furieux d'être aplatis, glissait ses mains longues et fines sous nos draps et chemises. Je fus son choix, entre autres.

Dans ce monde, le silence est un refuge ; je fus donc renvoyée. Je n'ai bien sûr reçu aucun soutien, aucun réconfort de ma mère. Pas un mot. J'avais douze ans.

*

Toute mon enfance, j'ai recherché son attention ; elle ne m'a pas vue. C'était un amour à sens unique. Je n'étais qu'une enfant en quête d'une mère, de son regard.

J'ai toujours eu du respect pour la femme qu'elle était, pas pour la mère qu'elle n'était pas. Elle me fascinait, cette créature incroyablement absente.

Après la mort de ses parents, elle reprend, non par choix mais par devoir, les rênes de notre éducation. Elle permet à Charlotte, brillante élève, de poursuivre de longues études et m'aide à accéder à mes choix en m'inscrivant dans une école de danse. Elle m'offre même des cours particuliers de danse acrobatique. Très vite, elle m'inscrit au concours d'entrée à l'Opéra de Paris. Je suis admise.

Heureuse, en septembre 1938, je fais ma rentrée dans la classe rose de Mlle Cesbron. Les petits rats de l'Opéra, fièrement vêtus d'un tutu et d'un collant rose, gagnent la salle de classe par l'escalier en colimaçon du dernier étage, qui mène aux combles aménagés. En haut de l'escalier, l'œil-de-bœuf qui reçoit la lumière du ciel de Paris a un charme inouï.

La première fois que j'entre dans la salle de classe, mon regard se pose sur la barre de travail tout autour de la pièce. Mon émotion est intense. Je vis un miracle, mon rêve se réalise.

Durant des mois, je m'applique avec force et persévérance aux difficiles exercices de la danse classique. Je m'exprime enfin, mais par le corps.

La guerre me séparera à jamais de l'Opéra.

5

L'âme sœur

Sa rencontre avec A. S. bouleverse sa vie.

Et la mienne.

Ma mère trouve en cette femme plus qu'une alliée, une âme sœur. Elle l'a rencontrée au *Petit Parisien*, où elle propose sa plume, qu'elle a très belle d'ailleurs.

A. S. recrute des journalistes et l'accueille au sein du journal. Elle vit seule et a également deux enfants. Sa fille a mon âge, son fils est plus grand.
Elles s'aimeront, passionnément.

*

Pour les vacances de l'été 1938, les deux femmes ont loué une grande demeure dans le Périgord.
Sur plusieurs hectares, la propriété rassemble vergers, prairies et petits étangs bordés de peupliers. Cette maison de caractère est magnifique. J'aime me perdre dans l'enfilade de ces pièces aux hauts plafonds.

Je découvre les recoins et les annexes, visite l'immense grenier, y ouvre malles et armoires. J'invente un nouveau monde, me déguise avec des robes et des dentelles anciennes.

Je déambule gaiement dans les allées du verger, je goûte les brugnons blancs, observe les oiseaux, les insectes. C'est à peine si ma mère me voit, m'entend.

Dans cette bâtisse, personne ne me trouve ni ne me cherche, d'ailleurs.

La joie et les rires des deux femmes remplissent la maison, ma mère est visiblement très heureuse de vivre avec A. S. Mais, à chaque éclat de rire complice des deux femmes, mon cœur se serre et j'ai le souffle coupé. Alors je file sur mon vélo à toute vitesse.

C'est en allant un peu vite dans un tournant que, cette fois-ci, je dérape sur les gravillons. Dans ma chute, le frein du vélo se retourne et s'enfonce violemment dans la cuisse, déchirant la peau et la veine fémorale. Tant bien que mal, j'enfonce mon doigt ganté dans la plaie dégoulinante de sang, je remonte le chemin de la maison, arrive dans l'entrée de service, tombe de tout mon long sur le sol et perds connaissance.

Engourdie par la douleur et l'évanouissement, j'entends la voix de ma mère : « Elle fait semblant ! »

Semblant de m'évanouir ? Semblant de souffrir ? Pourquoi est-elle si dure avec moi ?

Le médecin referme ma plaie de quelques points de suture. « Cela aurait pu être plus grave, tu as eu de la chance ! »

Je resterai au repos forcé quelques jours, allongée dans une chaise longue, sur la terrasse. J'observe ma mère et son amie. Je me raconte mes histoires d'enfant, en résistant à la douleur de l'abandon.

*

La plaie cicatrise. Celle du corps, pas de l'âme.

Et je repars m'amuser et vivre de menus plaisirs. Je chipe du chocolat et des gâteaux dès que les domestiques ont quitté le service ou je vole des draps de famille pour que ma sœur puisse avoir un peu d'argent de poche. Elle seule me comprend.

Il m'arrive d'avoir des réactions imprévisibles, des coups de tête, des coups de sang. Plus d'une fois, j'affolerai toute la maison.

Comme en cette fin d'après-midi d'été, je me précipite vers l'écurie, saute à cru sur le cheval et pars au galop à travers champs. Les gendarmes me retrouveront au milieu de la nuit, endormie sur un tronc d'arbre dans la forêt, le cheval à côté de moi.

Parfois, je m'éloigne de la maison en suivant le fil de la rivière, en cherchant les têtards et les grenouilles jusqu'au pont où je laisse mon vélo.

De la rive voisine, je peux observer le vannier sur les marches de sa roulotte. Je l'ai déjà vu au village et j'ai remarqué qu'il parlait avec ses mains, à grand renfort de signes et de mimiques. Ses yeux noirs de Gitan me fascinent. Je m'assieds dans l'herbe. Certainement, il me voit le regarder et continue à travailler l'osier, comme si de rien n'était. Je reste longtemps sur la berge, j'oublie les heures. Quand le soleil décline, je comprends que je suis en retard, que je vais encore être punie. J'irai me coucher sans dîner. Je m'en moque, je grignoterai les gourmandises cachées.

La guerre

6

La Marcaudie

La guerre est imminente, l'été 1939 s'achève.

La TSF reste allumée toute la journée et tard le soir. Les mères, comme je les appelle, écoutent, l'air soucieux. « C'est la guerre, les enfants ! Il faut défendre la patrie contre l'envahisseur ! » nous répètent-elles.

*

Le 1er septembre, les troupes allemandes franchissent les frontières de la Pologne.

La guerre est une chose lointaine et abstraite pour une petite fille. Même si la voix de la radio parle de « populations migrantes », de « fuite en avant », de « rouleau compresseur allemand ».

Je me sens protégée par les chênes centenaires, la lune et le ciel étoilé, l'immuable ordre de la nature. Pourtant, peu à peu, le doute s'installe. Je devine un danger.

Ma mère et son amie reçoivent des gens de passage, inquiets, nerveux. Elles les hébergent quelques jours avant qu'ils ne repartent par le train.

Le soir, les volets et les portes du salon se ferment.

La lumière s'allume et les conversations commencent à voix basse.

*

Les deux femmes décident de ne pas retourner vivre à Paris et de s'installer dans cette campagne retirée.

Nous emménageons alors sur la commune de Monsac, entre Bergerac et Lalinde, dans une grande maison de maître dénommée La Marcaudie.

Pour s'y rendre, il faut emprunter sur plusieurs centaines de mètres un chemin de terre à la sortie du village. La façade, de six grandes fenêtres et trois chiens-assis, s'impose sur une terrasse naturelle cernée d'un parapet en vieilles pierres qui domine la vallée de la Dordogne. La vue est large et dégagée sur des dizaines de kilomètres. Les champs et les forêts s'étendent et s'entrechoquent en bocages.

Au loin, la brume du matin dissipée, on aperçoit les toits anguleux des fermes périgourdines. Au coin de cette terrasse, à quelques dizaines de mètres de la demeure, est adossé un pigeonnier carré et robuste.

À l'arrière de la bâtisse s'étendent un parc de chênes et d'aulnes et un grand verger. La nature est omniprésente et les premiers signes de l'automne apparaissent vite.

La zone sud de la France vit encore, pour peu de temps, dans un havre de paix.

*

À peine arrivée, ma mère désigne le pigeonnier comme nos chambres. Cette attribution claque comme un nouveau coup de poignard. La fille d'A. S., Charlotte et moi-même sommes priées de ne pas être trop présentes dans la vie des mères.

Au fond de moi, la rupture est annoncée. Je vais la vivre très violemment peu de temps après.

Pressée de regagner ma chambre pour m'allonger de tout mon long sur le lit et savourer l'oisiveté de la fin de l'été, je tourne vivement la poignée de la porte. Ma mère est là. Que fait-elle dans ce fameux pigeonnier réservé aux enfants ? Sa présence ne m'indique rien de bon. Ses yeux rencontrent les miens. Je comprends que je suis en tort, je ne peux qu'être en tort. Elle tient dans une main mon cahier intime. Elle l'a cherché et trouvé sous mon matelas. D'un bond de chat, je me rapproche et la gifle de deux claques fermes. La colère m'aveugle. Je hais cette indiscrétion. Cette fouille.

À cet instant précis, je quitte le monde de l'enfance. Je tue l'image d'une mère que jamais je ne pourrai connaître. Je tire ainsi un trait sur une quête d'amour impossible.

Elle ne réplique pas, reste droite et quitte la pièce d'un pas militaire.

7

Hélène

Dans un mutisme habituel et l'indifférence la plus complète, je fais ma rentrée au collège de Bergerac. Finis les cours particuliers et les pensionnats : je suis inscrite dans une école laïque.

J'ai quatorze ans et déjà un important retard scolaire.

*

Assise au fond de la classe, passive, mon regard s'évade dans le ciel. Je me ressaisis un moment pour éviter une réprimande, fixant le tableau noir qui m'ouvre son monde imaginaire.

Mon professeur de littérature est une jeune femme aux yeux bleu vif en forme d'amande et à l'expression d'une intelligence saisissante. Les cheveux à peine retenus en arrière par quelques épingles, en un mouvement éclair elle balaye du regard les petits visages de la classe.

Dès la première séance, Hélène Duc me surprend et pique ma curiosité. Elle me fait sortir de mon cocon.

Le temps d'un cours, elle m'ouvre à un autre monde. « Juliette, à vous ! »

Et, de ma voix grave, je récite avec passion les mots de Bérénice :

Ah ! cruel ! est-il temps de me le déclarer ?
Qu'avez-vous fait ? Hélas ! je me suis crue aimée ;
Au plaisir de vous voir mon âme accoutumée
Ne vit plus que pour vous : ignoriez-vous vos lois
Quand je vous l'avouai pour la première fois ?
À quel excès d'amour m'avez-vous amenée !

Grâce à son talent de professeur, à sa générosité et à son intelligence de cœur, elle réveille mon amour des mots, du théâtre et de l'interprétation.

Cette belle personne deviendra comédienne, jouera dans de nombreuses pièces et de nombreux films. Je lui dois tout.

Hélène Duc et sa mère deviennent les amies de ma mère, Mélilot, comme elles l'appellent, par association à cette plante dont la longue tige dressée et très fine oscille au vent et nous enivre d'un délicat parfum.

L'apparence physique de ma mère a progressivement changé. Naturellement distinguée, si grande, large d'épaules et la taille fine, elle porte une veste cintrée sur un pantalon de cheval et se coiffe d'un béret basque. Elle est une élégante *gentlewoman farmer*.

Ma mère est décidément une femme singulière. Elle dérange.

*

Juin 1940. La maison s'agite.

45

Après plusieurs mois d'une « drôle de guerre », Paris est envahi. Ma mère, assise dans le salon, écoute à la radio les émissions anglaises et leurs messages codés.

Certains matins, elle me demande d'aller en vélo poster du courrier à Bergerac ou d'atteler la charrette anglaise et d'accompagner un ami à la gare. Les clandestins recherchés franchiront ainsi la frontière espagnole.

Les activités secrètes de ma mère sont devenues quotidiennes.

Je ne me pose pas de questions. Je comprends que la situation du pays est grave et que ma mère appartient à un groupe de résistants.

La nuit, je surprends le bruit des roues d'une bicyclette. Tout doucement, je me lève et, à travers les persiennes des volets, je reconnais l'ombre de la silhouette allongée de ma mère. À l'aube, je l'entends rentrer. J'ignore où elle était, mais je sais qu'elle travaille pour la liberté. Cela me suffit.

8

L'arrestation

Un beau jour de septembre 1943, ma sœur et moi rentrons à vélo d'un après-midi de promenade à Bergerac.

Assoiffées et affamées par deux heures de bicyclette à monter et descendre les collines, les bras nus et rougis par l'effort, nous sautons de vélo pour pousser les grilles de l'entrée. Notre première surprise est de les voir entrouvertes.

Au bout de l'allée, les rideaux s'agitent au vent, fenêtres ouvertes. Que se passe-t-il ?
Nous comprenons vite que la maison a été fouillée. Tous les meubles sont renversés. Nous traversons les pièces avec stupeur, sans trouver âme qui vive. Un silence effrayant règne. Aucun son ne sort de notre bouche.

Charlotte s'assoit au pied de la cheminée du salon, désemparée. Je me dirige vers la chambre de notre mère et, pour toute trace d'elle, retrouve au sol, près de son lit, la petite clef de sa boîte à bijoux. Oubliée, sauvée par miracle. J'ouvre le coffret et recueille son lourd bracelet d'or et le sautoir de Grand-mère, protégé dans un carré de daim, ainsi que quelques billets de banque.

Dans le buffet du salon aux portes violées par les inconnus, j'entrevois la jolie boîte du service à thé en porcelaine XVIIIe aux charmants motifs chinois. Je regarde ma sœur ; elle comprend mon intention et me fait non de la tête : ce service est trop fragile pour l'emporter.

Car nous savons que nous ne pouvons pas rester là sans rien faire. Il faut partir. Nous réagissons avec toute la lucidité et le pragmatisme possible, laissant de côté l'effroi qui se tapit au fond de nous.

Leurs va-et-vient nocturnes, les arrivées de personnes nouvelles, discrètes : elles ont été arrêtées par les autorités à cause de leur activité clandestine. Cela ne fait aucun doute pour nous.

*

Notre mère est retenue prisonnière. Nous décidons de nous rendre à la Kommandantur de Périgueux et de lui apporter des vêtements.

Dans une valise, nous réunissons des vêtements chauds, des dessous de laine, des bas et enveloppons des gâteaux que nous prenons le temps de confectionner pour elle. Nous n'avons pas le cœur ni la gourmandise d'en goûter un.

Nous n'imaginons alors pas une seconde qu'elle va vivre l'horreur des camps. Nous en ignorions jusqu'à l'existence.

9

La Gestapo

Charlotte à dix-neuf ans et j'en ai seize lorsque nous quittons La Marcaudie.

Nous enfourchons à nouveau nos vélos et nous nous dirigeons vers la gare puis, traînant notre lourde valise, nous prenons un train pour Périgueux.

À notre arrivée, la Gestapo nous refoule et refuse de nous donner la moindre information sur notre mère. Bredouilles et mal à l'aise dans cet endroit, proférant nos recommandations, nous laissons la valise et espérons que notre mère la réceptionnera. Quelle naïveté !

Nous reprenons le chemin de la gare avec pour seul pécule les bijoux de notre mère, le sautoir de Grand-mère et quelques billets. Nous allons partir pour la capitale, où Charlotte veut rejoindre des amis. C'est la première fois que nous y retournons depuis la décla-ration de la guerre.

Nous marchons dans les ruelles de la ville quand nous prenons conscience de la présence d'un homme derrière nous. Paniquées, nous prenons nos jambes à notre cou, courant le plus vite possible, reprenons notre souffle sous un porche, puis nous cachons derrière une porte avant d'atteindre la gare où nos rires libèrent, un moment, notre angoisse.

Nous pensions l'avoir semé. Nous n'avons pas vu que l'homme nous épiait encore. Nous suivant jusqu'à Paris, il s'est posté devant l'hôtel misérable où nous logeons.

Cet homme va nous piéger comme des rats. Il est français, et je ne pourrai jamais l'oublier.

*

Au bout de trois jours, nous n'avons presque plus d'argent et nous devons vendre un bijou. Nous déambulons sur les Grands Boulevards et entrons au hasard dans une bijouterie.

L'acheteur prend le sautoir dans la main, le soupèse, le regarde à la loupe et nous en propose un prix que nous sommes incapables de juger. Nous acquiesçons. Avons-nous vraiment le choix ?

Le bijoutier s'absente quelques instants dans l'arrière-boutique, revient et me tend l'argent. Nous le remercions vivement et sortons de la bijouterie. Je demande alors à Charlotte d'accélérer le pas et ouvre ma main pour lui montrer le sautoir que j'ai chapardé. Nous éclatons de rire, courons avec frénésie, changeons de rue rapidement et nous dirigeons vers la boulangerie que nous apercevons un peu plus loin. Nous mourons de faim.

*

Le lendemain, nous avions convenu avec ma sœur d'un rendez-vous au Pam Pam, une brasserie du quartier de la Madeleine.

Je l'attends sur le trottoir lorsqu'un crissement de freins me fait lever la tête. Je vois Charlotte se débattre sur la chaussée. Elle est enlevée sous mes yeux par trois hommes. Ils la poussent avec force dans la voiture. Je cours aussi vite que je peux. Je rattrape le véhicule à hauteur de la fenêtre arrière et frappe la vitre si violemment que le chauffeur s'arrête. « C'est ma sœur, dis-je affolée, laissez-moi monter ! » Un homme me fait monter.

Nous sommes serrés, il me fait asseoir sur ses genoux. C'est humiliant, et l'homme ricane.

Charlotte est pâle.

À mes pieds, le sac de ma sœur est entrouvert. J'aperçois des papiers, des feuilles.

« C'est très amusant, cette promenade en voiture. Où allons-nous ? » dis-je et, levant mon pied en même temps, je le glisse dans la bandoulière du sac afin de le bloquer de mon côté.

J'échange les sacs, m'appropriant celui de Charlotte. Je n'ignore pas qu'elle fréquente des réseaux clandestins et je la sais complice des actions de résistance de ma mère. Je veux la protéger. Ma sœur me regarde avec stupéfaction.

Le ricaneur ricane toujours.

La voiture se gare devant un somptueux hôtel particulier de l'avenue Foch. Je descends du véhicule en tenant fermement le sac de Charlotte.

Nous nous regardons, sans larmes, avec toute la tendresse et la force de notre lien.

Les hommes nous passent les menottes aux poignets et nous entraînent dans des escaliers opposés.

Pour la première fois, on nous sépare. Pour combien de temps ?

L'enfer commence.

10

Grecowitch

On me fait entrer dans un bureau.

Une jeune femme tape à la machine, une belle pomme d'un vert brun d'automne est posée à sa droite. Elle me fait envie, j'ai faim.

La jeune femme continue son travail, sans un mot. Un soldat est posté à l'entrée de la pièce. Je regarde le sac à mes pieds. Mes mains sont liées. D'un ton suppliant, je demande alors si je peux aller aux toilettes. « Détachez-la et accompagnez-la », répond-elle.

Aux toilettes, j'implore de pouvoir fermer la porte. On me l'accorde. Très vite, je tire la liasse de feuillets de mon sac et la déchire en tous petits morceaux. Je remonte alors les manches de ma veste et enfonce la boule de confettis le plus loin possible dans la tuyauterie. Je tire la chasse, me retourne. Au même moment, la surveillante ouvre la porte.

« On y va !
– Oui, madame. »

Je suis terrorisée mais sûre de moi. Que peut-on me faire maintenant ? De quoi peut-on m'accuser ?

Je traverse un couloir, j'entends des bruits sourds, des cris étouffés. Mon sang se glace. Le soldat s'arrête devant un bureau, ouvre la porte et me dit d'entrer. Il la referme derrière moi et s'en va. Je reconnais ce visage, cet homme blême et transparent qui nous suit, ma sœur et moi, depuis la gare de Périgueux.

Assis sur le rebord du bureau, en costume bleu pâle, il me dévisage : « Votre carte d'identité n'est pas en règle. Votre nom ? » Je donne mon nom. « Il est faux ! Vous mentez, votre carte d'identité a été falsifiée. Vous vous appelez Grecowitch ! »

J'ai le malheur de rire ; je trouve ce qu'il dit grotesque.

La double claque que je reçois me plonge dans l'effroi et dans la colère. Je me jette spontanément sur lui et lui administre un revers mémorable. Après quelques secondes, il reprend ses esprits, me regarde froidement et sort de sa veste un revolver qu'il pose sur la table.

Je ne sais plus combien de claques, de coups de poing ont blessé mon visage, m'ont meurtrie à jamais. J'ai eu mal. Mal aux lèvres qui saignaient, mal aux joues qui brûlaient, mal aux os qui craquaient sous les coups.

J'ai perdu la notion du temps, j'ai perdu pied, je n'ai plus vu mon agresseur, juste les coups.

11

Fresnes

J'ai repris connaissance à la tombée de la nuit, quand un soldat est venu me chercher.

Je m'étais recroquevillée sur le sol comme une enfant, endormie, me réfugiant dans le sommeil.

*

On me fait descendre dans le hall où je rejoins un groupe de femmes. Au milieu d'elles, j'aperçois ma sœur.

Menottes aux poignets, on nous guide vers un fourgon cellulaire. Je rentre dans cette boîte sombre. Nous ne distinguons que nos ombres grâce aux filets de lumière qui filtrent par les barreaux des ouvertures latérales. À l'intérieur, on nous entasse, attachées. Nous roulons longtemps, me semble-t-il.

Lorsque la porte s'ouvre, les agents de la Gestapo nous font sortir du fourgon. Où pouvons-nous bien être ?

Face à nous, la grande porte d'entrée de la prison de Fresnes. Ligotées et hagardes, on nous fait entrer dans une salle presque vide. On nous demande de déposer nos effets personnels sur une table. Bagues, bracelets, montres disparaissent aussitôt dans des sacs. On nous dirige vers une autre salle et, l'une après l'autre, on nous inspecte.

Nous sommes toutes fouillées, jusqu'au plus intime de notre corps. La jeune fille de seize ans que je suis réalise de plein fouet les erreurs de la nature humaine. Le dégoût et la révolte m'ont submergée et ne me quitteront jamais. Mon regard sur une certaine humanité sera changé pour toujours.

On me pousse dans une cellule étroite, une planche scellée dans le mur en guise de lit, une couverture. Mon regard se lève vers ce plafond, si haut, au centre duquel pend un fil et, au bout, une ampoule.
Pas de fenêtre, pas de lumière du jour.

Je passe trois jours enfermée avec pour seule compagnie cette ampoule allumée au bout d'un fil électrique, dont j'aperçois par instants un très léger vacillement. Trois jours pendant lesquels cette ampoule m'obsède.
Au milieu de la porte, un petit trou tout aussi inquiétant. Dans le judas, je sais que l'on m'observe.

Aujourd'hui encore, la nuit, le judas me poursuit.
J'ai appris plus tard que c'était une cellule de condamné à mort.

*

Un matin, on vient enfin me sortir de cette pièce. Je rejoins un groupe de femmes dans lequel se trouve ma sœur.

En un instant, près d'elle, je reprends confiance, force et espoir. Le répit n'est que de courte durée : très vite, les gardiens nous séparent à nouveau. On nous répartit dans des cellules différentes.

Lorsque la lourde porte 322 s'ouvre, trois femmes aux visages fermés, sans âge, se retournent et me fixent. Je n'ose pas avancer dans cet endroit hostile. Je me glisse sur le côté, face aux toilettes surplombées d'un robinet qui goutte.

Le gardien me tend une couverture qui ressemble à une serpillière et un carré de coton orange et noir déchiré dans un morceau de tissu, une serviette de toilette, sans doute.

Mes colocataires sont des prostituées. Du matin au soir, elles se tirent les cartes et prédisent leur avenir. Les écouter discuter entre elles va m'apprendre beaucoup de choses sur la vie, m'armer contre les hommes qui pourraient tenter de manipuler la jeune fille un peu perdue que je suis.

Tout à coup, la porte de la cellule s'ouvre. Un gardien entre. « C'est l'heure de la douche ! Allez ! Vite ! »

Groupées, notre serviette minuscule contre nous, nous descendons les escaliers. Les portes en fer, lourdes, s'ouvrent sur les douches. Les gardiens nous regardent nous déshabiller. Les regards sales, pervers et les rires narquois me poursuivent encore. Nue, désarmée, c'est l'humiliation. Plus jamais je ne pourrai me dévêtir devant quelqu'un.

La douche est rapide, il faut faire vite. Malgré mon empressement, l'eau est coupée alors que je suis encore couverte de savon. Je n'ai pas d'autre solution que d'enfiler péniblement ma robe. Morte de honte, je rejoins le groupe de femmes et nous regagnons les coursives de la prison, accompagnées des regards lubriques des gardiens qui se rincent l'œil.

Pour la première fois, les femmes de ma cellule, qui jusqu'à présent me regardaient avec méfiance, m'aident : elles me rincent et me sèchent. Elles me parlent, me réconfortent.

Après m'avoir un temps ignorée, jugée, elles se tournent finalement vers moi et m'aident à supporter la prison.

À partir de ce jour, je fais partie du groupe et l'enfermement devient un peu moins invivable.

12

Libre !

On est venu me chercher à l'heure de la promenade, dans cette cour carrée de dix mètres sur six où les hauts murs vertigineux de béton semblent reposer sur un carré de ciel bleu.

Un gardien m'appelle : « Eh toi, viens là ! Suis-moi ! »

Je suis réexpédiée, sans commentaires ni explications, au bureau central de l'avenue Foch, menottes aux mains.

*

La Gestapo s'active. J'assiste au va-et-vient des agents. Rien n'a changé depuis ma dernière visite. J'entends la voix forte d'un policier : « Dépêchez-vous, ils vont filer ! » Je comprends que les rafles n'ont pas cessé, qu'elles continuent même de plus belle.

Un policier m'appelle : « Gréco ! » Il me tend mon sac et me dit d'un ton monocorde : « Vous êtes libre. » J'attrape mon sac et dis tout doucement, malgré moi : « Merci. » Sacrée éducation !

En descendant les marches du perron, je sens le vent d'automne balayer mes jambes nues. J'ai des frissons, de peur, de froid et de fatigue.

Sur le trottoir de cette belle et glaciale avenue aux façades haussmanniennes, je rassemble mes forces. Je réfléchis, vite.

Dans la poche intérieure de mon sac, je retrouve un ticket de métro de première classe perforé d'un côté. Je n'ai droit qu'à un seul voyage. Il sera déterminant. Je le sais, je n'ai pas d'argent, mais ce ticket va me permettre de me déplacer rapidement dans la chaleur des rames. Je me souviens très bien du conseil prodigué par ma mère.

Consciente du danger grandissant, elle a pris soin de demander à une amie de nous mettre à l'abri, s'il lui arrivait quelque chose. Cette amie, c'est Hélène Duc, mon professeur de français à Bergerac, « montée à la capitale » pour devenir comédienne.

Je m'engouffre dans la bouche de métro et prends la direction porte d'Orléans. Les quelques voyageurs, des Parisiens habillés de manteaux et de chapeaux, laissent deviner le début d'un hiver rigoureux. Ils ne sourient pas, ne parlent pas.

13

Rue Servandoni

La guerre recouvre Paris d'une chape de silence.

Je descends au métro Saint-Sulpice et demande à une passante le chemin de la rue Servandoni. Elle me l'indique du doigt : « Là-bas… Elle commence là, tout près des marches de l'église. »

*

Au numéro 20 de la rue, je m'arrête devant le porche d'entrée puis franchis le seuil. Dans ce grand hall, au fond à droite, j'aperçois une porte, trois marches plus bas. Je les descends et sonne. Une femme m'ouvre. « Bonjour, pourrais-je parler à Hélène Duc ? »

Cette dame tout en rondeurs, aux rares cheveux gris, retenus par des épingles neige, me prie d'entrer. J'aperçois un piano droit dans le coin du salon où des jeunes gens discutent.

Hélène Duc descend les escaliers et me regarde, l'œil lumineux et interrogateur. « Comment es-tu arrivée là ? » me demande-t-elle, avant de m'embrasser chaleureusement.

En peu de mots, je lui dis que je viens d'être libérée de Fresnes et que je suis seule. Elle me trouve une chambre et me tranquillise, elle me parle tendrement.

Je sais alors que je ne suis pas perdue.

Je m'allonge sur un petit lit d'une personne, dans une chambre minuscule à la tapisserie vieillotte. Le matelas est mou et enveloppant. Je me recroqueville.

La lumière rousse de la fin d'après-midi recouvre lentement les toits parisiens et s'immisce dans la chambre.

Je me réveille quelques heures plus tard et goûte à l'étrangeté de ma première soirée de liberté…

*

Je revis une sensation oubliée. Je me sens pleine d'envie et d'énergie. Je vais pouvoir travailler, batailler. Et, bien sûr, espérer le retour proche de ma sœur et de ma mère. Où sont-elles ? Comment se portent-elles ?

Je suis lasse mais heureuse. Je suis libre depuis quelques heures à peine. Je ressens un sentiment bizarre, une joie retenue, incertaine.

Je suis devenue une adulte malgré mes seize petites années de vie. Je vais devoir me débrouiller et tenter de vivre.

Je sors de la pension pour marcher un peu, découvrir ma propre liberté dans cette ville occupée, brisée.

Je déambule sur les pavés de cette rue qui donne sur la place Saint-Sulpice et son imposante fontaine centrale.

Quelques passants trottinent car le couvre-feu est proche. La lumière du ciel se voile lentement. Et moi, j'ai très envie de hurler mon soulagement de ne plus être en prison. Les Allemands interdisent tout – on ne doit pas chanter, ni jouer de musique américaine – et pourtant, tout d'un coup, de mon corps, ma voix s'échappe ; je chante à pleins poumons *Over the Rainbow* ! Me fichant de l'Occupation et de sa Gestapo.

Rien ne m'importe plus que la liberté et cette joie immense de pouvoir la chanter. Fort. Très fort, trop fort, mais qu'importe le danger. Je savoure cet instant de toutes mes forces.

14

Les rues de Paris

En sortant de Fresnes, en 1943, j'ignore ce que peut bien être le Tout-Paris.

Grâce à Hélène Duc, je pénètre dans le monde du théâtre. Magique.

Au dernier étage de la pension, elle reçoit ses amis de l'Odéon et m'invite à partager ces moments d'amitié.

Je rencontre sa fidèle complice Yvette Étiévant, comédienne exceptionnelle qui fera une belle carrière au théâtre et au cinéma. Elle me porte attention, je l'écoute. Je finis même par lui confier mon admiration pour le métier d'actrice. Sur ses conseils, je m'inscris au concours d'entrée du conservatoire.

Le jour venu, Yvette Étiévant me prête son manteau et sa robe bleu marine. Face à un jury froid et silencieux, j'interprète Hermione dans une scène d'*Andromaque*. Le verdict est douloureux. C'est le refus, avec pour tout commentaire : « Chiot de trois mois à suivre. » C'était l'avis de Béatrice Dussane.

Quelques années plus tard, elle me demandera de participer à sa soirée d'adieux à la Comédie-

Française. J'étais folle de joie, le chiot avait tenu ses promesses…

*

La vie continue et, quelques mois seulement après ma sortie de Fresnes, je me sens un enfant de Saint-Germain-des-Prés.

Je sympathise avec Bernard Quentin, un jeune étudiant des Beaux-Arts, futur peintre de renom. Il loge dans une chambre mitoyenne de la mienne, avec son frère aîné. Nous rions ensemble, il est d'une exquise gentillesse. Il me protège, me couvre de tendresse. Dans sa petite chambre claire, je le regarde travailler pendant des heures. Il profite de mes moments de sommeil pour faire mon portrait. Les heures défilent sans compter et j'hiberne sous les couvertures. Sans le sou, je mange peu, seulement la nourriture de la pension de famille. Sans goût, frugale.

Il fait si froid cet hiver-là que je n'ose pas mettre le nez dehors. J'attends que les rayons du soleil printanier me chatouillent la peau. Je n'ai pas grand-chose à me mettre sur le dos et, surtout, pas de manteau.

Bernard Quentin, qui a vite compris la situation dans laquelle je m'enferme, me propose spontanément un de ses costumes, un costume d'homme marron élimé. Et il m'offre amoureusement, pour compléter la tenue, un chandail et une vieille chemise blanche.

Je flotte un peu dans ces vêtements, mais je suis heureuse. Je vais pouvoir sortir. Je reviens à la vie.

*

Dès le lendemain, je déambule dans les rues, flâne sur les bords de Seine. Les regards des passants, étonnés par mon accoutrement, m'amusent. Mes sandales en raphia ne me tiennent pas chaud et, plus embêtant, elles vont se déliter à la première pluie.

Ce jour-là, justement, il pleut. J'accompagne Hélène Duc chez deux de ses amies. Sur le palier, avant de sonner, je m'aperçois que mes chaussures, devenues de vraies éponges, imbibent copieusement le sol.

La femme qui nous reçoit est une créature étrange, aux racines orientales. Elle est comédienne et se nomme Alice Sapritch. Son amie est aussi très belle, d'origine éthiopienne. Elles remarquent rapidement mon allure et plus particulièrement mes chaussures trempées. Alice Sapritch a spontanément un geste d'une incroyable générosité pour l'époque. Elle nous abandonne quelques instants, puis revient en tenant une paire de chaussures presque neuves à la main. Elle me les tend, très simplement. Je la remercie, émue et à jamais reconnaissante.

15

Sartre, Beauvoir et les autres

Mes nouvelles chaussures aux pieds, au bout desquelles j'ai enfoui du papier journal car elles sont bien trop grandes pour moi, je pars légère dans la rue.

Une nouvelle vie commence.

Solange Sicard – une amie d'Hélène Duc –, qui a détecté chez moi un petit quelque chose à cultiver, m'accueille dans son école de théâtre. Je réalise enfin mon rêve : tenter de devenir comédienne.

La comédie m'attire énormément. Je la vois comme un prolongement de la danse, une expression du corps au service des mots. Je répète sans faiblir les scènes de tragédie que choisit Solange. Elle me fait engager comme figurante dans *Le Soulier de Satin* de Paul Claudel, qui se prépare à la Comédie-Française sous la direction de Jean-Louis Barrault.

Ce petit rôle de figuration me donne des ailes. J'accomplis le rêve de faire partie d'une troupe de théâtre, et quel théâtre !

Je caresse les murs, contemple cette belle et prestigieuse maison et, chaque jour, je salue fièrement le concierge comme tous les sociétaires. Je me sens appartenir à la famille des comédiens, à cette tribu, à ses lieux de rassemblement. Le Flore et Les Deux Magots sont de ceux-là. Ces cafés rassemblent une faune d'artistes et d'intellectuels : Jacques Prévert, Jacques Audiberti, Pablo Picasso et sa bande, Marcel Mouloudji, Maurice Merleau-Ponty, Jacques-Laurent Bost, et bientôt Albert Camus, Pascal Pia. Les philosophes Jean-Paul Sartre et Simone de Beauvoir ont délaissé Le Dôme, boulevard du Montparnasse, trop envahi d'Allemands, et se sont installés au Flore pour écrire.

Au fond de la salle, près du poêle, entre deux séances de travail, les discussions vont bon train. Le philosophe publie cette année-là, en 1943, chez Gallimard, *L'Être et le Néant*, et sa compagne, *L'Invitée*.

À chaque alerte de bombardement, la clientèle descend dans la bouche de métro du boulevard Saint-Germain. Sartre et Beauvoir font partie des privilégiés autorisés par le patron à ne pas quitter les lieux.

*

Dans les rues de Paris, il fait un froid terrible et, comme beaucoup, je viens me réchauffer un moment aux Deux Magots. Je ne connais personne. Je ne suis pas bavarde et je préfère rester dans mon coin, en observatrice. Ces années de guerre, de souffrance et d'humiliation m'ont rendue encore plus muette que je ne le suis de nature.

Mais, avec mes cheveux longs et libres – qui me tiennent chaud et me battent les reins –, mon style vestimentaire inédit, j'attire les regards – regards surpris, souvent sévères.

De cette période je garde le souvenir de moments difficiles, d'un pays, d'une ville assombris par l'Occupation mais, curieusement, je me souviens aussi du plaisir de découvrir Saint-Germain-des-Prés, ce grand village qui rassemble une jeunesse enthousiaste.

Le bruit des bottes allemandes a épargné ce quartier. Avec Bernard Quentin, nous nous y promenons pendant des heures.

Dans les cafés, je regarde et j'écoute.

Les temps sont durs et, depuis mon incarcération à Fresnes, je n'ai plus de carte d'alimentation. Je n'ai donc pas de tickets pour acheter de la nourriture. Je me débrouille tant bien que mal avec l'argent que le notaire de ma mère envoie à Hélène Duc, et qui rembourse essentiellement les frais de pension.

Que deviennent ma mère et ma sœur ? Où sont-elles retenues ? Je ne le sais toujours pas.

La question me hante. J'attends. J'espère.

16

Libération

Été 1944, Paris s'agite.

Le IIIe Reich est menacé et la capitale attend l'allié libérateur. Les rues bruissent de rumeurs. On dit que les Américains approchent. L'ambiance est électrique. Les résistants se regroupent, les réseaux fonctionnent à plein, les premières barricades s'érigent. Cheminots, postiers et même policiers se mettent en grève. L'issue semble proche. Les Allemands commencent à se replier.

Pourtant, chaque jour, j'apprends par mes camarades pensionnaires des nouvelles désastreuses. Les Allemands continuent leurs persécutions : tortures, exécutions sommaires. Ils débusquent et tuent insurgés et Juifs.

En ce mois d'août, vingt-six résistants sont exécutés à Vincennes, trente-cinq au bois de Boulogne.

Le sang coule. Et les rues sont dangereuses.
Pourtant, au bout du tunnel, la délivrance arrive enfin.

*

Le 25 août restera un jour inoubliable.

La foule se masse dans la rue et acclame la deuxième division blindée du général Leclerc qui entre dans Paris par la porte d'Orléans. Les chars libérateurs traversent la capitale. De toutes nos forces, nous crions de joie en les regardant passer avec fierté et amour fraternel.

Le soir même, les combats sont bel et bien terminés. Les chars ennemis ont quitté la ville, laissant derrière eux la défaite et le désastre de cinq ans de guerre.

Paris est libéré.

Combien d'hommes et de femmes auront souffert durant ces années, auront donné leurs vies, leurs forces et leurs âmes pour la libération de la France ? Et où sont les prisonniers ? Quand reviendront-ils ?
Le silence n'est pas encore levé, le pire n'est pas encore révélé. Des hommes et des femmes sont abattus ou meurent d'épuisement chaque jour. Les camps ne sont pas libérés. Pas encore.

*

Comme toutes les filles, je monte sur les chars, je félicite les soldats, je les embrasse. J'applaudis leur courage et leur patriotisme. Nous fêtons la France !

Mais, trop souvent, l'euphorie des foules se mue en hystérie laissant place à la haine, à la colère aveugle, aux vengeances et aux punitions. Des femmes sont traquées, poursuivies puis tondues sur la place publique, huées par les passants. Les prisonniers allemands sont insultés. Les collaborateurs et les dénonciateurs font leurs bagages. Qu'ils échappent à la sanction ou qu'ils soient rattrapés, leur jugement dernier leur appartient.

Depuis mon séjour en prison, je n'ai certes plus d'illusions sur une sorte de nature humaine, mais là, face à ces scènes de rue d'une violence et d'une cruauté frénétiques, mon regard sur l'être humain se trouble un peu plus.

17

Engagée

C'est à cette époque que je m'inscris au mouvement des Jeunesses communistes.

J'ai un besoin viscéral de m'engager, de militer pour un nouveau départ social. Je célèbre la fin de cette période d'occupation en participant à cet élan. Je veux donner du sens à la victoire, du sens à ce que je vois, à ce que je ressens.

*

Mes camarades et moi-même aménageons un local dans lequel nous organisons une permanence. Cette ancienne librairie de la rue Guénégaud a été réquisitionnée à la Libération, et son propriétaire privé de liberté pour collaboration avec l'ennemi.

Entre deux séances de rangements et de dépoussiérage, je me penche sur des cartons de livres amoncelés au fond de la pièce. Je les ouvre, en lis quelques pages. Je découvre des merveilles, m'évade par la lecture. Je dévore André Gide, mais aussi les grands poètes comme Éluard et Aragon, dont les livres ont échappé à la destruction.

Je m'abandonne sans limite à cette nouvelle passion. Une découverte majeure, un plaisir immense. Un horizon s'ouvre à moi.

À la permanence, notre petit groupe se retrouve et passe de bonnes heures. Nous prenons chacun notre lot de journaux et partons allègrement dans les rues à la recherche d'acheteurs.

Marguerite Duras est des nôtres, fidèle au mouvement communiste. Nous sympathisons et discutons régulièrement sur le chemin de la rue Saint-Benoît, où elle vit. Souvent, au pied de son immeuble, elle me propose de me raccompagner à son tour. Nous en rions et poursuivons la conversation jusqu'à la pension de la rue Servandoni.

J'aime cette jeune femme, son intelligence. Elle est cultivée, convaincante. Je ne me lasse pas de l'écouter.

C'est à elle que je n'hésite pas à faire part de ma colère lorsqu'un responsable des Jeunesses communistes me réclame la somme de mes cotisations impayées. Alors que je n'ai pas un sou, que je marche pieds nus, que je travaille et me débats pour le mouvement. Alors que j'agis de tout mon cœur, de toutes mes forces, il ose me réclamer l'argent que je n'ai pas. Que l'on réclame de l'argent à ceux qui en ont, pas à moi ! J'en déchire ma carte.

Bien des années plus tard, j'ai revu cet homme, et j'ai eu envie de lui rafraîchir la mémoire. Il n'avait fait que son devoir de militant, me dit-il piteusement…

*

J'ai continué à soutenir le mouvement, mais je me suis élevée contre certains événements et contre toutes les dérives qui conduisent à la privation de liberté. À l'humiliation. Je me suis indignée contre les camps, les tortures, le mensonge.

J'ai milité toute ma vie pour la liberté d'action et d'expression.
Le droit à la libre parole.

18

Le Lutétia

Depuis la libération de Paris, les semaines passent dans l'attente du retour des prisonniers.

Les informations se propagent, le silence se rompt et le peuple prend conscience de l'ampleur des crimes nazis.

Les camps de concentration sont progressivement libérés. Les Juifs et les résistants survivants regagnent la capitale par convois, escortés par les Alliés.

*

Le luxueux hôtel Lutétia, à l'angle du boulevard Raspail et de la rue de Sèvres, dans le VIᵉ arrondissement de Paris, après avoir été réquisitionné par les Allemands durant la guerre, est transformé en centre d'accueil pour les déportés et les prisonniers.

Chaque jour, comme des milliers de gens, je me rends au Lutétia, je scrute les visages émaciés et égarés des rescapés qui errent dans le hall à la recherche d'un proche. Ils sont vêtus de leur chemise à rayures de prisonnier, dans laquelle flotte un corps transparent.

Je ne sais rien de ce qu'il est advenu de ma mère et de ma sœur mais j'espère, à chaque instant et de toutes mes forces, les voir apparaître là, face à moi, dans cet immense hall. Pourtant, chaque soir, je rentre seule chez moi.

*

Mai 1945.

Je suis au milieu de la foule du hall central, quand une main se pose sur mon épaule. Je me retourne. Elle est là, enfin. Je ne vois que son visage chéri, ce visage de jeune fille, celui de ma sœur. Elle a l'air si malade, si fatiguée. Nous nous serrons dans les bras l'une de l'autre, incapables de prononcer le moindre mot.

J'entends la voix de ma mère. Elle est là, elle aussi. La mère que j'attends depuis si longtemps est revenue.

« Où est A. S. ?… Où est A. S. ? » me répète-t-elle.

C'est son amie qu'elle cherche, pas sa fille.

Elle me retrouve sans me voir. Elle m'embrasse, mais son regard cherche ailleurs.

La douleur est vive, écho tragique à celle de mon enfance. Je pensais naïvement que la guerre nous aurait réunies, qu'elle aurait effacé son indifférence.

Dans ce hall, après ces années, ces longs mois de séparation, l'omniprésence de la mort, je réalise que rien n'a changé et que rien ne changera.

Ma mère ne m'aimera jamais.

Le cœur meurtri, anéanti, je décide une bonne fois pour toutes que la quête de cet impossible Graal doit

prendre fin. C'est fini, j'arrête définitivement de cou-
rir après l'amour de ma mère.

Le deuil commence. Je dois devenir adulte, faire
taire ma douleur, la ranger, l'enfermer.

J'entraîne ma sœur rue Servandoni. Elle monte péniblement les marches jusqu'au cinquième étage. Je la
serre contre moi. Je veux la protéger et l'aider à retrouver des forces.

Mon amour pour elle est immense, indescriptible.
Affaibli, amaigri, son corps fragile tremble comme une
feuille. Elle s'assied sur mon petit lit et respire posé-
ment. Je lui fais couler un bain, je l'aide à se glisser lentement, très lentement, dans l'eau tiède. Elle
ébauche un sourire de satisfaction. Cela fait plus de
deux ans qu'elle n'a pas connu le moindre minuscule
instant de plaisir.

Ses os sont saillants. Je ne reconnais plus le voile
doux et ambré de sa peau. Charlotte travaillait dans une
poudrerie. Au fil des jours, au contact du produit et de
ses poussières volantes, les pores de sa peau se sont
bouchés. Son corps s'est noirci, étouffé par la poudre.

*

Au début de l'année 1944, Charlotte a quitté la prison de Fresnes, direction Compiègne. Elle y a retrouvé
notre mère.

Fin janvier, elles sont expédiées avec mille autres
femmes au camp de concentration de Ravensbrück, dans
le nord-est de l'Allemagne. C'est le camp des 27 000 :
le début de chaque numéro d'identification tatoué sur

l'avant-bras. Très peu d'hommes et de femmes en sortiront vivants.

Charlotte et ma mère y restent de longs mois. Elles seront ensuite envoyées à Holleischen, où elles seront affectées au travail forcé dans une cartoucherie.

Charlotte est rapidement à bout de forces. Elle n'arrive plus à descendre et à remonter l'énorme presse de l'atelier. Ses camarades la rattrapent plusieurs fois en la tirant par les pieds, l'empêchant d'être emportée par la machine.

Charlotte parle peu de la détention. Les mots ne sont pas assez forts pour décrire l'horreur, la peur, la souffrance, l'humiliation.

Pour l'instant, même si son estomac est réduit à celui de l'oisillon auquel elle ressemble, nue dans des draps propres, elle rêve tout simplement de manger une baguette entière de pain tartinée de beurre et de confiture. Elle ne pourra en grignoter que quelques bouchées…

L'état de santé de Charlotte est inquiétant. Elle doit rejoindre un centre d'accueil en province pour retrouver des forces.

*

Notre mère, elle, a déjà filé pour la Dordogne, espérant rejoindre son amie. Mais celle-ci ne l'a pas attendue ; elle est même sur le point d'épouser l'homme avec qui elle vit à La Marcaudie. Après avoir laissé la propriété à A. S., ma mère regagne Paris. Elle s'engage immédiatement dans la Marine, au service de l'administration des foyers de marins.

Deux ans plus tard, elle rentre dans les services d'aide aux marins, où elle exercera sur le terrain, en pleine guerre d'Indochine. « Mélilot, pourquoi partez-vous à la guerre ? lui demandera Hélène Duc.

– Parce que j'aime ça », lui répondra-t-elle simplement.

Ma mère et ma sœur sont revenues vivantes des camps. Après deux ans de solitude et d'abandon, de mois de prison, de misère et d'angoisse, j'ai retrouvé ma sœur, Charlotte. Mais il me faut aussi admettre que j'étais orpheline.

J'avançais désormais sans faux espoir. Sans compter sur qui que ce soit.

Mon combat pour ma liberté, pour la vraie vie, commençait à peine.

Les années
Saint-Germain-des-Prés

19

Saint-Germain-des-Prés

Fin 1945, Paris se réveille de cinq années de cauchemar.

Après le retour des prisonniers, le comptage des disparus et le bilan du désastre, les familles tentent de retrouver de nouvelles marques, un nouveau départ.

Pour ma part, je n'ai pas d'autre envie que de rester vivre à Saint-Germain-des-Prés, au sein d'une formidable famille de substitution. Le monde des écrivains et des artistes devient résolument le mien.

*

Je quitte la pension Servandoni pour partager une chambre avec ma sœur Charlotte, revenue à l'hôtel Pont-Royal, à deux pas des éditions Gallimard.

Au sous-sol, c'est le rendez-vous des auteurs et des éditeurs de la *NRF*. Tout un monde d'intellectuels, de musiciens, d'artistes se presse dans ce bar, le Pont-Royal, célèbre entre tous.

Assise sur un haut tabouret, j'observe ces gens extraordinaires. Je ne suis pas seule à avoir cette habitude. Un de ces habitués, qui m'observe un peu plus chaque jour, m'adresse la parole, très gentiment :

« Que faites-vous là, toute seule ?

– J'habite ici. »

Cet homme, c'est Maurice Merleau-Ponty.

Nous nous revoyons quotidiennement et devenons très vite de bons amis. Je mets de côté ma timidité, mon mutisme, et lui pose des milliers de questions. Il m'apprend tout. Il me répond, à moi, l'ignorante.

Il devient mon professeur particulier de philosophie, toujours souriant.

Il a déjà publié et écrit dans la revue *Les Temps modernes* avec Sartre. Moi qui ai quitté l'école à quatorze ans, je me nourris de ses paroles.

Je fais mes universités au bistrot !

*

Nous sortons souvent le soir, dans les boîtes de Saint-Germain. L'homme est gai, génial, bon danseur, charmant.

Un soir, pour changer, il décide que nous allons danser au Bal Nègre, rue Blomet, un cabaret de Montparnasse.

Dans les toilettes des femmes, une jolie jeune femme à la chevelure blond vénitien me dit gaiement : « Bonjour ! »

C'est Anne-Marie Cazalis. Je viens de croiser sans le savoir celle qui forcera mon destin.

À peine avons-nous rejoint Merleau-Ponty qu'une voix l'interpelle du premier étage : « Merleau-Ponty ! Montez nous rejoindre ! »
C'est Jean-Paul Sartre.

Merleau-Ponty et moi devons nous exécuter. Nous montons les retrouver et les présentations se font : « Jacques-Laurent Bost, Simone de Beauvoir, Jean-Paul Sartre, Gréco ! »

Le créateur de l'existentialisme est déjà connu de la presse et des intellectuels. Je suis impressionnée d'être à leur table. Mais leur sympathie et leur humeur joyeuse me rassurent.

À partir de ce jour, Simone de Beauvoir m'invite à des soirées auxquelles je ne vais pas, mais elle m'ouvre à un univers d'enseignement, de culture.
Cette femme géniale, agrégée de philosophie, me remplit d'admiration. Son visage aux traits si fins abrite un regard pensif, intelligent, d'un bleu orageux, qui ne baisse jamais la garde. Son image est forte et saisissante, sa voix très étrange, perchée, dérangeante.

J'aurai du respect et de la reconnaissance pour cette femme et lirai tous ses livres, à chaque publication : *Le Deuxième Sexe, L'Invitée, Le Sang des autres, Les Mandarins*...

*

C'est à ce moment-là que mon amitié avec Anne-Marie Cazalis devient indéfectible.

En plus d'être jolie, elle est subtile et cultivée. Son humour et sa finesse me redonnent goût à la vie. Elle connaît tous les amis de Saint-Germain et me présente sans attendre à Jean Cocteau, Alexandre Astruc, son compagnon, ses amis journalistes et écrivains.

Notre complicité nous apporte de la joie et de l'entrain. Je quitte le monde de la solitude dans lequel j'ai grandi, et que j'aimais, pour découvrir le plaisir des discussions et de la légèreté.

C'est le début d'une nouvelle vie.

Dernière pièce du trio, Marc Doelnitz est un ami d'Anne-Marie, un jeune homme dynamique, lui aussi blond, presque roux. « Je suis blond flamand », aime-t-il préciser.

Anne-Marie l'a connu dans un cours de danse en 1942. Il vient à peine de terminer son service militaire et veut, comme nous, croquer la vie à pleines dents.

Fils d'un courtier en œuvres d'art, il est élevé dans un milieu riche et lettré. Il rêve de devenir un artiste complet, comédien et danseur. Mais, pour lui comme pour la plupart des jeunes, la déclaration de la guerre bouleverse les horizons. Il faut repartir de zéro.

Anne-Marie, Marc et moi formons très vite un sacré trio.

Chaque jour, à midi, nous nous retrouvons au Flore.

Nous commandons un café et un croissant qui nous nourrira jusqu'à l'après-midi. La tolérance des patrons de café est de mise. Et, entre nous, l'entraide est totale, car nous vivons avec à peine quelques francs par jour.

Le soir, nous gagnons le Bar Vert, café où de nombreux intellectuels refont le monde. Puis, après minuit, heure à laquelle le Bar Vert descend son rideau de fer, nous poursuivons notre soirée en musique et en fête.

Enfin libres de vivre Paris la nuit, les jeunes envahissent les établissements encore ouverts, et les boîtes à chansons se remplissent.

Notre trio se promène sous les réverbères. Nous rejoignons notre bande d'amis rue Dauphine, dans la cave du Tabou. La création de ce club a son histoire et, malgré moi, j'y ai contribué.

20

Le Tabou

Chaque jour qui passe est propice à célébrer la Libération, et nous sommes de tous les plaisirs.

À cette époque, Paris en fête se retrouve aussi au Méphisto ou au Lorientais, à L'Arlequin, à L'Écluse, au Port du Salut, et dans des dizaines de petites boîtes où débutent, et débuteront, tous les grands d'après-guerre.

Nous avions découvert cet endroit où les hommes des messageries venaient la nuit et au petit matin pour boire un café et se restaurer.

Un soir, je pose mon manteau sur la rampe de l'escalier du Tabou, puis m'installe à une table avec mes amis.

Au moment de partir, je cherche mon précieux vêtement d'hiver. Je pars à sa recherche en suivant la rampe d'escalier qui descend au sous-sol. Je le retrouve, gisant sur le sol de l'entrée d'une cave, dont la porte s'ouvre sous la pression de ma main. Il fait très sombre. Je ne vois pas le fond de la pièce et devine à peine une voûte et des arcades. Des caisses de vin et des bouteilles vides de fêtes organisées pendant la guerre barrent le passage. Des soirées festives « bizarres », m'a-t-on dit… En m'habituant à la pénombre, je tâte le mur et trouve un interrupteur. Un décor africain, des masques accrochés au mur dans les orbites desquels luisent de petites ampoules de couleur…

De ce décor viendra le nom du futur lieu : le Tabou.

*

Quelques semaines plus tard, en avril 1947, grâce à cette découverte et à l'énergie de Bernard Lucas, patron du Bar Vert, et de Frédéric Chauvelot – diplomate de son état ! –, la célèbre cave du Tabou ouvre ses portes.

Pour y accéder, il faut être adhérent au club ou introduit par un ami. On s'y retrouve pour danser, s'amuser, discuter.

Cette cave est notre antre, notre refuge de jeune adulte. On installe un piano. Boris Vian joue de la trompette, qu'il surnomme affectueusement « trompinette ». Ses frères, Alain et Lélio, l'accompagnent à la batterie et à la guitare.

C'est un lieu extraordinaire de fête et de partage.

*

Certains soirs, nous traversons le pont Alexandre-III pour rejoindre la rue du Colisée. En général, nous nous aventurons peu hors de notre village de Saint-Germain, et encore moins en pleine nuit. Avec mes pantalons noirs, mes cheveux longs et lâchés, mes yeux soulignés de crayon noir et ma bouche sans fard, on me jette des regards stupéfaits, surpris par mon excentricité et mon allure provocante.

Notre trio est le reflet de l'enthousiasme germano-pratin. Une jeunesse issue pour l'essentiel des beaux quartiers et de familles aisées appauvries ou anéanties par le fléau de la guerre.

Une jeunesse libre, légère.

21

Les planches

1946.
La vie de l'après-guerre bat son plein.

Nous nous amusons la nuit et travaillons le jour,
souvent en nous amusant aussi. Nous faisons ce que
nous aimons faire.

J'avais réalisé mon rêve, jouer enfin un vrai rôle
au théâtre. Je débutais sur les planches dans *Victor
ou les enfants au pouvoir* du poète surréaliste Roger
Vitrac, mis en scène par Michel de Ré, homme de
théâtre et petit-fils du maréchal Gallieni, dont c'est
la première mise en scène, et qui fera une carrière
prestigieuse.

J'apprends mes textes avec facilité. Je m'applique,
ivre de plaisir.

Deux heures avant la générale, une peur panique
m'envahit. Le trac. Terrifiée, j'entre pourtant sur scène.
Mais la passion a raison de ma peur. Devenir comédienne ! Quel rêve !

Cette pièce surréaliste a un grand succès d'estime et nous vaut un article dans *Samedi soir*, un hebdo très important à l'époque.

Nous jouerons une petite semaine à peine devant un public trié sur le volet. Une photo de moi aux côtés de Mylène George, qui joue aussi dans la pièce, me rend perplexe. Cette jeune femme, c'est donc aussi moi ? Un autre moi. Je me sens spectatrice de ma propre image, et cela ne me quittera jamais.

Cette pièce m'offre mon premier maigre cachet de comédienne et une expérience d'entraide artistique unique. Nous répétons tous les après-midi et prolongeons parfois la nuit entière.

Chacun participe à la création du décor. À l'aube, je ramasse des fleurs abandonnées sur le trottoir du marché des Halles. Un autre comédien apporte du papier crépon trouvé chez ses parents et nous y accrochons les fleurs afin de tapisser les murs, créer un décor. Mon costume de scène est la robe noire brodée de petites fleurs roses que ma grand-mère portait le lendemain de ses secondes noces. C'est Agnès Capri, extraordinaire chanteuse et comédienne, adorée des poètes et des écrivains, directrice des lieux, qui met généreusement le théâtre de la Gaîté-Montparnasse à notre disposition. Les affiches du spectacle sont écrites à la main et apposées sur les murs du théâtre.

À cette époque, je commence à gagner de quoi me nourrir et me loger.

Jean Tardieu, qui est venu voir *Victor ou les enfants au pouvoir* et qui m'a repérée, me fait lire des poèmes pour le « Club d'Essai », une émission radiophonique à l'image de France Culture aujourd'hui.

Dans le « ton poétique », je lis des poèmes contemporains. Je garde un souvenir intense de mes premières lectures : de la terreur, de l'ivresse et du désir ! Je me souviendrai toute ma vie de la lecture d'un poème[1] d'Henri Michaux, qui assiste à l'enregistrement. Il me déclare très mauvaise interprète. Je lui explique sans hésiter : « J'ai le plus grand respect pour votre œuvre en général, mais, en ce qui concerne le cas présent, si vous n'êtes pas satisfait de mon interprétation, il ne faut vous en prendre qu'à vous… Je ne fais que lire et dire ce que vous avez écrit. »

Dans le noir, le soir,
auto dans la campagne.
Baobabs, Baobabs,
baobabs,
Plaine à baobabs.
Baobabs beaucoup baobabs
baobabs
près, loin, alentour,
Baobabs, Baobabs.

Et ainsi de suite. Pas vraiment facile !

Je sors de la pièce les larmes aux yeux.

Henri Michaux garde le silence et me laisse interpréter son texte. Il n'était pas fâché et ne m'en a pas voulu le moins du monde. L'élégance de l'homme…

*

1. Henri Michaux, « Télégramme de Dakar », *Plume*, précédé de *Lointain intérieur*, Gallimard, 1938.

C'est grâce à ces émissions que je rencontre Maurice Cazeneuve qui souhaite réaliser, en vingt épisodes radiophoniques, l'adaptation du roman de Roger Martin du Gard, *Les Thibault*.

Il me propose un très beau rôle. Je serai Jenny, le grand amour de Jacques, incarné par Michel Bouquet. Je suis si émue que j'acquiesce d'un mouvement de tête répétitif et idiot, ne laissant sortir de ma bouche qu'un timide oui.

22

La Louisiane

Quelques mois plus tard, les cachets des enregistrements du « Club d'Essai » me sortent de la misère et me permettent de quitter l'hôtel Bisson et de m'installer à l'hôtel, déjà connu, de la Louisiane.

Avant cela, j'écumais les hôtels du quartier Saint-Germain, laissant en gage valise et effets personnels.

À la Louisiane, j'occupe la chambre ronde que louait Jean-Paul Sartre au début de la guerre. Il suspendait son vélo au plafond pour gagner de la place. Les fenêtres de cet antre où il écrivait donnent sur l'angle du marché de Buci et de la rue de Seine. Le propriétaire de l'hôtel avait, depuis le passage de Simone de Beauvoir et Jean-Paul Sartre, fait installer une salle de bains.

Je propose d'ailleurs à mes amis de se servir de cette unique baignoire. Je laisse la clef sur ma porte et le libre accès à la salle de bains. Les visites se font régulières, si bien qu'il m'arrive d'entendre à toute heure du jour et de la nuit le parquet craquer sous des pas maladroits.

*

En 1948, le quartier de Saint-Germain-des-Prés est devenu le lieu culte de l'après-guerre.

Il rassemble tous les intellectuels du moment et une jeunesse en quête de renouveau. Les journalistes se pressent pour décrire ce bouillonnement. Les journaux s'approprient ce phénomène et en font leur une.

Ils s'attachent au couple Sartre-Beauvoir, figures emblématiques des courants de pensée du moment. Au Flore, ils reçoivent les jeunes intellectuels. Simone de Beauvoir, surnommée par ses amis « le Castor », entourée de jeunes gens, prend la parole avec, en guise de préambule, une jolie façon de se gratter le haut du front, à la racine de ses cheveux relevés en forme de coque ou retenus et cachés par un turban.

L'existentialisme est un nouveau courant, le symbole de la liberté, de la responsabilité. Les photographes du journal *Samedi soir*, puis de la revue américaine *Life* propagent les photos des caves du Tabou. Le plus naturellement du monde et sans que je m'en aperçoive, des clichés de ma petite personne accueillant des célébrités au Tabou sont diffusés dans tous les journaux.

Sur les devantures des kiosques à journaux, la une de *Samedi soir* affiche une photo de Roger Vadim, alors inconnu, se tenant à mes côtés avec une bougie à la main dans les escaliers de la cave du Bar Vert.

Un jour, le photographe Georges Dudognon me photographie dans ma chambre. Annabelle, simple connaissance, passait par là. Georges nous dit : « Ce serait bien si vous étiez toutes les deux pour faire une photo. »

C'est ainsi que ce cliché nous mettant en scène habillées dans un lit deviendra l'un des plus connus de cette période.

Associée à l'existentialisme, je deviens l'image de la jeunesse d'après-guerre. La jeune femme de vingt ans que je suis se retrouve statufiée. Les journalistes parlent d'une certaine Gréco, muse de Saint-Germain-des-Prés.

23

Le Club Saint-Germain

L'engouement est tel que le Tout-Paris, y compris les bons bourgeois, veut voir qui est cette Gréco.

Le Tabou devient vite le dernier endroit où il faut être et les belles dames des quartiers chics de la rive droite se précipitent au bras de leurs amants, parfois de leur mari, dans ce lieu de « perdition ».

Au cœur de ce public mondain envahissant, on entrevoit à peine dans la foule Jean Cocteau et ses amis Christian Bérard, Jean Marais, Boris Kochno et Albert Camus oscillant la tête au rythme du swing. Marie-Laure de Noailles et sa cour de jeunes gens sont aussi de la partie.

Moi, je me sens observée comme un animal dans un zoo, un singe assis sur son rocher.

Cette situation m'énerve tant que je m'amuse à pincer les fesses de ces femmes à leur descente de l'escalier pour voir leur réaction. Le plus surprenant, c'est qu'elles ne disent rien, attribuant sans doute ce geste à un admirateur grossier. La force de l'habitude peut-être !

Chaque soir, ce défilé de curieux me déplaît un peu plus. Et c'est évidemment avec une franche détermination que je giflerai le notable, alors directeur de la Monnaie, qui osera me dire, d'un ton poli et enjoué : « Bonjour, mon petit » en m'administrant une tape sur les fesses. Dans un accès de colère, je le rouerai de coups de poing, si bien que mes amis devront l'éloigner et me calmer. Le pauvre homme, qui s'était certes très mal conduit, revint le lendemain soir me faire de plates excuses. Je les refusai, tout en admirant son magnifique œil au beurre noir.

On me raconta que le général de Gaulle, qui le recevait le matin même pour une réunion de travail, lui demanda la cause de cette impressionnante ecchymose au visage. Le directeur lui dit : « Je suis rentré dans une porte, mon général ! »

Mais la rumeur parisienne alla vite en besogne et révéla dans la presse le nom de la porte en question.

Anne-Marie Cazalis, Marc Doelnitz et moi-même avons beaucoup ri de cette aventure. Puis nous avons décidé de trouver un autre endroit où nous réunir, où nous protéger, aussi. Nous n'allons pas tarder à le trouver.

*

Nous nous lançons dans les travaux d'aménagement sous la direction de Marc et, après quelques joyeuses nuits blanches, le Club Saint-Germain, rue Saint-Benoît, ouvre ses portes au printemps.

Nous y dansons toutes les nuits. Marc aime inventer des soirées à thèmes aussi amusants et curieux que le bal de l'innocence ou celui de la volupté.

Ces bals costumés séduisent tout le monde. Chacun s'amuse à se confectionner le plus drôle et le plus fou des déguisements.

Le Club Saint-Germain devient un des hauts lieux du jazz à Paris. On vient découvrir les jeunes et talentueux musiciens tels que le surdoué Martial Solal, le guitariste Sacha Distel, Pierre Michelot et sa contrebasse, les frères Fol, Raymond et Hubert au saxophone alto, Kenny Clarke à la batterie, Coleman Hawkins au saxo ténor, Don Byas, Benny Vasseur au trombone et, bien sûr, le pianiste René Urtreger.

C'est aussi l'arrivée des jazzmen américains sur le sol parisien. On écoute Charlie Parker, Max Roach, Duke Ellington, le Modern Jazz Quartet et Miles Davis...

Vivre à chanter

24

Chanter

Printemps 1949.

Après un dîner au restaurant de La Cloche d'or à Montmartre, où Jean-Paul Sartre avait invité un groupe d'amis dont je faisais partie, nous redescendons les rues pavées. Devant nous, Anne-Marie et Jean-Paul Sartre discutent. Tout à coup, le philosophe se retourne et me dit : « Vous voulez chanter, Gréco ?

— Non, ce n'est pas mon intention », dis-je promptement.

Intrigué par ce refus, il continue son enquête :
« Pourquoi ce non ?

— Je ne sais pas chanter et je n'aime pas les chansons que l'on entend à la radio.

— Quelles sont celles que vous aimez, alors ?

— Celles que chantent Agnès Capri, Cora Vaucaire...

— Venez me voir demain matin à neuf heures chez moi. »

À la fois très intimidée mais folle de curiosité et de joie, je n'aurai pas besoin de réveil pour sortir de mon lit au petit matin suivant.

*

De nombreux feuillets sont éparpillés sur son bureau. Jean-Paul Sartre semble déjà travailler depuis un moment. À sa droite, une pile de livres est prête, des petits papiers blancs marquent les pages où dorment les poèmes sélectionnés à mon intention.

Agréable, amical, il me la confie, me demande de faire mon choix et de revenir lui rapporter ses livres. Sans discuter, je m'exécute.

Je passe la journée à lire et relire ces poèmes.

Je reviens le lendemain, même heure, même lieu, en lui donnant mon choix : *Si tu t'imagines* de Raymond Queneau et *L'Éternel Féminin* de Jules Laforgues.

« Bien, dit-il, c'est un bon choix. Le Castor cite ce texte dans le livre qu'elle est en train d'écrire. Et il ajoute : Je vais vous faire un cadeau ! Je vous offre une chanson que j'ai écrite pour *Huis clos* : *La Rue des Blancs-Manteaux*… J'ai écrit une musique là-dessus, mais elle ne me plaît pas. »

Je ne sais pas à ce moment-là qu'il est aussi un excellent musicien.

« Quelle est votre chanson préférée ? me demande-t-il.

– J'aime beaucoup *Les Feuilles mortes*.

– C'est Kosma. On va demander à Kosma ! » conclut-il.

Ce fut aussi simple que ça.

*

Trois jours plus tard, Anne-Marie et moi avons rendez-vous chez Joseph Kosma. Il se met immédiatement au piano et joue la mélodie qu'il a écrite pendant la nuit. Anne-Marie et Kosma m'encouragent en chantant les paroles.

Entraînée par leur enthousiasme, je laisse sortir un son et je me mets doucement à chanter, d'une voix naturellement grave et maladroite.

Après ce tour de chant imposé et improbable, j'éprouve une irrésistible envie de tenter l'aventure. Je vais chanter.

Anne-Marie et moi nous nous regardons en souriant, elle satisfaite, moi terrorisée mais décidée.

Ce soir-là, dans ma chambre du cinquième étage, grisée par les images de la journée, heureuse de connaître à peu près les paroles de ma première chanson, *Si tu t'imagines*, de Raymond Queneau[1], je m'affale de tout mon long sur mon lit et m'endors lourdement.

> *Si tu t'imagines*
> *Fillette fillette*
> *Si tu t'imagines*
> *Xa va xa va xa*
> *Va durer toujours*
> *La saison des za*
> *La saison des za*

1. Raymond Queneau, « Si tu t'imagines », *L'Instant fatal*, Gallimard, 1989.

Saison des amours
Ce que tu te goures
Fillette fillette

J'ai trois chansons à mon répertoire ! Et l'envie de prouver que je suis autre chose qu'une image en noir et blanc sur papier glacé.

Cette nouvelle aventure m'excite. Je suis heureuse, fière d'avoir chanté devant un public de deux personnes. Je crois que je peux donner le meilleur de moi-même en chantant.

Il faut que je continue, vite, et surtout mieux.

25

La première fois

En 1949, Le Bœuf sur le Toit m'ouvre ses portes.

Jean Wiener, pianiste et compositeur célèbre depuis l'époque surréaliste où il jouait là en duo avec Doucet, comme lui passionné de jazz et aimé des musiciens noirs américains, tente de m'apprendre à chanter en mesure.

Il est d'une extraordinaire gentillesse et, heureusement pour moi, d'une patience inégalable. Nous n'avons que trois jours pour répéter les trois chansons.

*

Le soir de la première, j'apparais sur scène vêtue de l'incontournable ensemble pantalon et chandail noirs que je porte depuis la guerre, chaussée de simples spartiates. J'ai envie de disparaître tant la peur me tenaille.

La salle est comble, il manque des chaises. Le Tout-Paris est là, à mes pieds (nus) ! L'ambiance est chaleureuse et le public a la bienveillance de ne pas relever mes grandes maladresses de débutante.

La soirée finie, je rentre dans ma chambre d'hôtel, émue et troublée. Dans la salle de bains, je m'arrête instinctivement devant le miroir. Je n'aime pas me regarder, je ne me trouve pas jolie. Je ne le fais que pour souligner mes paupières d'un trait noir, dessiner ce que la presse appelle « des yeux de biche »...

Je me regarde sévèrement et dis, à voix haute : « Je fais le serment de mettre toute mon énergie au service de ce défi ; je veux que Gréco soit fière de la petite Juliette. »

Ce pacte avec moi-même, je ne l'oublierai jamais.

Chaque récital est animé par le souhait de faire au mieux, de ne décevoir personne : ni les spectateurs, ni moi.

Le public est au rendez-vous chaque soir, intrigué par celle qui chante Sartre. La presse me baptise chanteuse existentialiste ! Ce qui ne veut strictement rien dire.

Je chante Sartre, Queneau et Laforgue. Je suis bel et bien une débutante dans le métier de la chanson.

26

Bleu azur

Été 1949.

Toutes les petites filles riches se sont habillées à la mode Gréco cet été-là...

La Côte d'Azur est uniformément vêtue de pantalons noirs, coiffée avec des franges, les cheveux lisses et longs, libres, les yeux maquillés charbonneux... et moi je fais mes débuts.

À la mi-juillet, poussées par l'envie de voir la mer, nous acceptons, avec Anne-Marie, l'invitation d'Anet Badel à passer un mois dans une maison louée pour nous à Antibes.

Propriétaire du Vieux-Colombier à Paris, il a ouvert une annexe sur la Côte d'Azur : Antipolis. Musiciens et amis de passage s'y retrouvent. Paul Faure, Franck Villard, Nina Rachewski, princesse russe et splendide fille. On y vit bien, bercés par la douceur de l'été. En échange, et très naturellement, chaque artiste se produit dans l'annexe.

Je chante chaque soir, accompagnée par un pianiste de jazz américain. Il est sympathique et s'adapte à mon manque d'expérience.

C'est durant ce séjour que Joseph Kosma, qui est dans

le Midi chez Jacques Prévert, me propose une nouvelle chanson sur un poème de Robert Desnos, *La Fourmi*.

*

Le matin, je m'éclipse, à la découverte de l'arrière-pays.

Je porte ce jour-là mon dévolu sur le village de Saint-Paul-de-Vence. Un bus local me dépose au pied du chemin qui monte vers la place centrale et rejoint la fraîcheur des ruelles. Il est encore tôt, le soleil commence à peine son ascension vers le zénith. Une nappe de chaleur ne tarde pas à envahir la garrigue et les champs d'oliviers.

Aucune âme sur la route. En haut du village, je profite de cette vue incroyable et du plaisir d'entendre le chant des cigales amoureuses.

Alors que je m'engage dans un sentier, avec l'envie de m'égarer un peu dans la campagne, un homme m'interpelle : « Tiens ! C'est toi, Gréco ? »

Je me retourne et reconnais immédiatement notre poète : Jacques Prévert.

« Oui, monsieur, lui dis-je poliment.

– Je t'offre un café à la maison, viens avec moi ! »

Je n'y vais pas, j'y vole ! Il pousse le portail du jardinet et, en quelques pas, me fait entrer dans sa cuisine.

L'odeur du café embaume la pièce et, sur la table, des croissants sont posés dans une assiette. Jacques Prévert me montre son travail, des collages qu'il fixe sur un paravent. Je le regarde faire, admirative.

Le bonheur d'être là, avec lui, est indicible.

Peu de temps après, je chanterai *Les enfants qui s'aiment*, *À la belle étoile*, *La Belle Vie*, *Je suis comme je suis*[1], et tant d'autres merveilles. Cette dernière sera un peu transformée car je ne m'imaginais pas interpréter :

> *Mes talons sont trop hauts*
> *Ma taille trop cambrée*
> *Mes seins beaucoup trop durs*
> *Et mes yeux trop cernés.*

Prévert accepta mes retenues :

> *Mes lèvres sont trop rouges*
> *Mes dents trop bien rangées*
> *Mon teint beaucoup trop clair*
> *Mes cheveux trop foncés.*

Ça, j'ai quand même voulu et pu le dire !

*

L'été suivant, Anne-Marie Cazalis et moi décidons de retourner au bord de la mer, à Antibes. Anet Badel me propose un contrat pour l'été. Mais, cette fois-ci, nous logeons à nos frais à l'hôtel Provençal. Nous prenons une petite chambre dans les combles du bâtiment.

Jean-Paul Sartre et Bibi Vian sont de passage, et nous dînons ensemble. La femme de Vian a repris sa liberté et se lie intimement au philosophe. « Monsieur »,

1. Jacques Prévert, « Je suis comme je suis », *Paroles*, Gallimard, 1946.

comme je l'appelle, est un être d'une grande gaieté. Il sait profiter de chaque instant sans jamais ressentir une once de morosité. Il est attentif, s'intéresse à l'autre.

Lors de son séjour, Jean-Paul Sartre m'offre deux chansons : *Ne faites pas suer le marin* et *La Perle de Passy*. Je confie le poème manuscrit de la première à Jacques Besse et le second à Pierre Philippe, le pianiste des frères Jacques. Dans des circonstances que j'ignore, les deux chansons ont été perdues.

Peu de temps après, Jean-Paul Sartre m'écrira ce très beau texte pour mon premier grand voyage : le Brésil.

Gréco a des millions dans la gorge : des millions de poèmes qui ne sont pas encore écrits, dont on écrira quelques-uns. On fait des pièces pour certains acteurs, pourquoi ne ferait-on pas des poèmes pour une voix ? Elle donne des regrets aux prosateurs, des remords. Le travailleur de la plume qui trace sur le papier des signes ternes et noirs finit par oublier que les mots ont une beauté sensuelle. La voix de Gréco le leur rappelle. Douce lumière chaude, elle les frôle en allumant leurs feux. C'est grâce à elle, et pour voir mes mots devenir pierres précieuses, que j'ai écrit des chansons. Il est vrai qu'elle ne les chante pas, mais il suffit, pour avoir droit à ma gratitude et à celle de tous, qu'elle chante les chansons des autres.

Ce texte m'a servi de passeport.
Pour toute la vie.

De bien belles rencontres

27

Miles

Au printemps 1949, Boris Vian, journaliste à ses heures et spécialiste de jazz, couvre l'événement musical du Festival international de jazz pour le quotidien *Combat* et le mensuel *Jazz News*.

Michèle Vian, aussi passionnée de jazz que son mari, me propose de l'accompagner à la salle Pleyel, où débute la série de concerts.

Sont au programme les musiciens américains les plus en vogue de l'après-guerre, comme Charlie Parker, Sidney Bechet, le Quintet de Tadd Dameron et Miles Davis.

Faute de pouvoir acheter des billets, j'ai d'abord vu Miles des coulisses, de profil. Il ressemblait à une statuette égyptienne en train de jouer de la trompette. Complètement convexe. Il était comme une parenthèse qui s'ouvre et se ferme. Son visage était d'une beauté surprenante. Sculptée. J'étais fascinée.

Avec un parfait accent américain, Michèle Vian me présente à lui. Il me regarde, je le regarde. Nous allons tous ensemble dîner dans un restaurant grec avec d'autres copains à lui, musiciens de jazz.

Le lendemain, après le concert, nous nous promenons sur les bords de la Seine, main dans la main. Je ne parle pas anglais, en tout cas très mal, lui ne parle pas français, cela n'a aucune importance. Nous nous aimons.

*

Quelques semaines plus tard, il repart pour les États-Unis. À Sartre qui lui demandait pourquoi il ne m'épousait pas (Sartre s'intéressait beaucoup à notre histoire), il répondait qu'il ne voulait pas me rendre malheureuse. Il pensait que notre liaison ne pouvait avoir d'issue. Que notre différence de couleur de peau nous en empêchait.

Moi, la première fois que je l'ai vu, je n'ai même pas remarqué qu'il était noir. Je sais que personne ne veut me croire, mais c'est ainsi.

Je découvrirai son quotidien quelque temps plus tard, à New York. Venue chanter au Waldorf Astoria, j'invite Miles et ses musiciens à dîner dans la chambre du palace. Deux enfants sont avec eux. J'appelle le maître d'hôtel qui me sert chaque soir avec gentillesse et attention. Lorsqu'il entre dans la chambre, il se raidit. À la vue de mes invités, son comportement change du tout au tout, il devient glacial. Il prend ma commande et se retire.

Au bout d'une heure, nos joyeuses discussions ne comblent pas notre faim, ni celle des enfants. Je téléphone au service d'étage. Une demi-heure plus tard, un jeune serveur fait son entrée en poussant le chariot dans un fracas de vaisselle. Miles et ses amis sont mal à l'aise. Je ne comprends pas ce qui se passe. Les enfants mangeront les hamburgers sans état d'âme. Les musiciens, l'appétit coupé, abrégeront la soirée.

Miles me téléphonera dans la nuit : « Si tu ne veux pas passer pour une pute à nègres et compromettre ta carrière en Amérique, ne te montre pas avec nous, viens nous voir chez nous. Ici, ce n'est pas comme à Paris, tu es à New York. »

J'étais en colère. Triste. Révoltée. J'avais terriblement honte d'avoir fait vivre cette humiliation à mes amis.

*

Je reverrai Miles périodiquement. Il laissait des mots à mon attention dans les villes où je me produisais.

À l'Opéra de Stockholm, il m'écrivit ce joli message :

Je suis passé. J'étais là. Je vous embrasse. Je vous aime. Miles.

Et cela tout au long de la vie, et dans le monde entier. On dit que l'amour est aveugle. Faux ! Il est juste parfois loin des yeux, et encore... il suffit de les fermer pour que tout devienne visible. Présent. Vivant.

28

Je hais les dimanches

Je mesure ma chance.

Dès le début de ma carrière, j'ai rencontré de grands auteurs, de vrais auteurs, des poètes aussi : Jacques Prévert, Léo Ferré, Jacques Brel, Georges Brassens, Jean Ferrat, Guy Béart, Charles Aznavour, Serge Gainsbourg plus tard, et aussi l'immense Charles Trenet sans qui la chanson française du XXe siècle ne serait pas ce qu'elle a été.

*

En cette période d'après-guerre, de soulagement – et d'horreur en même temps, car on a appris l'atrocité de la Shoah et on essaie de lutter contre le malheur absolu, tout en sachant que c'est impossible –, la créativité renaît alors, la poésie jaillit, une lumière revient. Les auteurs apportent des textes aux interprètes, ce n'est pas encore le temps des auteurs-compositeurs-interprètes.

Charles Aznavour, lui, chante et travaille aussi auprès d'Édith Piaf. Il lui écrit des textes. Lorsqu'il lui propose *Je hais les dimanches*, elle refuse. Alors, Aznavour me la propose. J'accepte. Pour moi, cette chanson est d'une très grande force, vraie. Et elle me va bien. La musique de Florence Véran est superbe. J'ai aimé la chanter.

Je ne la chante plus en ce moment, mais on me la demande souvent. Comme beaucoup de chansons que j'ai interprétées au fil des ans. Certaines me restent pour toujours. Mais j'aime aussi avancer, découvrir, me renouveler.

Quelques semaines à peine après avoir accepté de la chanter, accompagnée au piano par mon complice Henri Patterson, je l'interprète au Concours de chant de Deauville. Charles Aznavour obtient le Prix des meilleures paroles et, en prime, je reçois le Prix d'interprétation Édith Piaf.

Scandaleuse, cette chanson est très appréciée du public. Édith Piaf l'enregistrera également, après. Regrettait-elle de l'avoir rejetée initialement ?

À l'époque, on l'a dite très en colère contre Charles, et surtout contre moi. Mais qu'y faire ? Il faut toujours se fier à son instinct, et là, curieusement, elle en a manqué.

29

Léo

Léo Ferré fait partie de ces personnes, de ces poètes hors normes.

Un jour, au début des années 1960, il me téléphone et me dit de son ton impératif : « Je voudrais que tu viennes me voir, j'habite boulevard Gouvion-Saint-Cyr. » Il me donne rapidement le rendez-vous, le jour, l'heure, l'adresse. J'ai juste le temps de dire « D'accord ».

J'arrive dans une petite maison biscornue. On y entre par un couloir étroit et très sombre sur lequel donnent deux portes ouvertes. Dans une pièce, j'entrevois une vague lumière, une sorte de veilleuse comme on en laisse aux enfants pour qu'ils dorment paisiblement. Je vois deux lits. Sur chacun d'eux, un grand chien blanc, magnifique, dort. C'est très étrange, poétique.

Au bout de ce couloir, une porte est entrouverte. J'entre dans un tout petit salon avec un très grand piano et un buste de Beethoven. Léo s'est mis au piano et joue des chansons qui sont restées pratiquement inconnues, et pourtant si belles. Poésie pure.

Soudain, déboule dans la pièce un petit chimpanzé habillé en costume marin. Il lui parle comme à un enfant. Revenant à moi, il me dit : « Je viens de faire une chanson, tu vas voir ! »

Et, devant mes yeux écarquillés, éblouis, il me joue *Jolie Môme*…

Je l'ai aimée. Il me l'a offerte. C'est une chanson rythmée, joyeuse mais terriblement misogyne, pensent ceux qui l'écoutent vraiment. Tant pis, elle est belle et je la chante.

Et, au fond, plus que misogyne, elle est profondément sensuelle, d'un grand érotisme.

Léo Ferré me propose aussi *Paris Canaille*, que Catherine Sauvage chante déjà avec le talent qu'on lui connaît. Cette magnifique chanson est à l'origine censurée à la radio pour avoir osé mêler la canaille, la « racaille », aux puissants et aux politiques… Je décide de la chanter aussi, et j'aime toujours la chanter. Quand je la retire d'un tour de chant, ceux qui me suivent, d'année en année, me le reprochent.

*

Censure… Cela me rappelle le comité d'écoute en novembre 1951, qui avait interdit certaines répliques de *À la Belle Étoile*[1] de Prévert et Kosma :

> *Il était pâle comme l'ivoire*
> *Et perdait tout son sang*
> *Tire-toi d'ici, tire-toi d'ici*
> *Voilà ce qu'il m'a dit*

1. Jacques Prévert, « À la belle étoile », *Histoires*, Gallimard, 1963.

Les flics viennent de passer
Histoire de s'échauffer
Ils m'ont assaisonné.

Cela ne m'empêche pas, bien au contraire, de l'interpréter en 1952 sur la scène de Bobino, dans cette salle que j'ai tant aimée.

Les artistes s'y produisent dans la plus pure tradition du music-hall. Le spectacle regroupe des personnalités venues du cirque, de la danse, du cabaret. J'y ai chanté pour la première fois en 1951, après les frères Jacques et Édith Piaf.

À cette époque, je travaille intensément, presque follement, puisque j'enchaîne dans la même soirée Bobino, Chez Carrère et, à une heure tardive, La Rose Rouge.

*

Léo Ferré m'écrit aussi *Plus jamais*, qu'il m'envoie en Bélino sur le paquebot *France* lors du voyage inaugural auquel je participe pour chanter, malgré une mémorable tempête.

Je ne chanterai que beaucoup plus tard *Avec le temps*, car je trouve l'interprétation de Léo Ferré inégalable. Il m'a fallu du courage. C'était trop beau pour s'en priver.

Et quand je l'ai chantée, en 2007, au Châtelet, il était mort depuis onze ans. C'était mon hommage, ma manière de lui dire qu'il ne mourrait pas.

*

C'est en 1954, quelques semaines après la naissance de ma fille, que je chante pour la première fois sur la scène de l'Olympia.

Au premier rang, Léo Ferré m'encourage : « Allez, Juliette ! », scande-t-il en rythme avec le public. Je chante *Coin de rue*, une jolie chanson sur la nostalgie des lieux de l'enfance, que Charles Trenet, poète et interprète adulé de tous les Français, a écrite pour moi, sur le coin d'une table de restaurant.

C'est au fil de cette année-là, de celle de mon premier Olympia, que Georges Brassens me fait à son tour cadeau de *Chanson pour l'Auvergnat*.

Je suis venue le voir en concert à l'Olympia et je voulais le féliciter dans sa loge. Très gentiment, il me demande quelle est la chanson que j'ai préférée. Je lui réponds sans hésiter *Chanson pour l'Auvergnat*. Il prend un stylo, trouve une feuille de papier et écrit les paroles, lentement, sûrement. Il me les tend : « Tiens, je te la donne, chante-la ! »

Comblée, c'est ce que je fais, une semaine plus tard, à Bobino.

Il a ensuite écrit pour moi, en 1961, *Le Temps passé*. Un texte marqué de son humour et de sa dérision que j'aime tant.

> *Dans les comptes d'apothicaire*
> *Vingt ans, c'est un' somm' de bonheur*
> *Mes vingt ans sont morts à la guerre*
> *De l'autr' côté du champ d'honneur*
> *Si j'connus un temps de chien, certes*
> *C'est bien le temps de mes vingt ans*

*

Un jour, Georges m'invite à une fête donnée pour son anniversaire. Ce qui me touche. En arrivant au restaurant ce soir-là, j'ai la surprise d'être la seule femme conviée. Pourquoi ? Je ne le sais toujours pas. Mais je le devine. À l'époque, le clivage homme-femme est marqué. Les hommes ne discutent pas avec les femmes.

Ferré, Brel... Ils sont tous assez machistes, ou plutôt prétendent l'être. Ils sont amoureux, passionnés, libres, aimant l'autre, le genre humain, mais pas dans son ensemble... Ces supposés machos m'ont acceptée, bizarrement. En principe, ils n'aiment pas les femmes de caractère, ils restent entre « mecs » – les copains d'abord – et les femmes, c'est pour « le repos du guerrier ». Moi, ils semblent ne pas me voir comme une femme. Peut-être parce que je sais dire non, et que dans le travail, je ne fais pas de différence entre les hommes et les femmes. On est tous au travail en professionnels. Seul cela compte. La rigueur. Le travail. La séduction, le « je fais femme », c'est pour un autre moment.

Georges Brassens a fait une chose exceptionnelle pour moi. En 1966, il a souhaité que nous chantions tous les deux au Palais de Chaillot, l'actuel TNP. Nous nous produisons une heure chacun, j'assure la première partie du spectacle. Brassens a exigé que mon nom soit en haut de l'affiche, au-dessus du sien, et que les caractères utilisés soient de même grosseur.

L'affaire fait grand bruit dans le milieu du showbiz. « Mais qu'est-ce qu'il lui prend, à Brassens ? » Il avait transgressé les règles, une fois encore. Il gênait. Et cela nous plaisait, à lui comme à moi.

30

Brel

Alors que Georges Brassens chante sur de grandes scènes, que Léo Ferré sort de son cercle d'intellectuels, un troisième grand auteur-interprète fait ses débuts : Jacques Brel.

J'ai de l'amour pour ces monstres de poésie et de liberté, ces amis.

Brel, je l'ai découvert dans un cinéma renommé du quartier de Pigalle, le Gaumont Palace. Il était grand et beau. Oui, beau, contrairement à ce qu'il croyait, et à ce que les gens conventionnels disaient. Il avait une beauté unique, parce qu'il était « beau à l'intérieur ».

*

À cette époque, entre deux projections, des artistes se produisaient dos à l'écran blanc.

Jacques Brel chantait trois chansons le pied posé sur un petit tabouret, puis il sortait, son petit tabouret à la main, dans une douloureuse indifférence. De retour dans les coulisses, il attendait, une heure trente ou deux heures, que le film s'achève pour revenir sur scène.

En l'écoutant pour la première fois, j'ai éprouvé une intense émotion. J'étais littéralement fascinée par son interprétation. Je le trouvais, au sens propre, extraordinaire !

Quelques jours plus tard, Jacques Canetti, créateur de Philips et grand découvreur de talents, me téléphone et me dit :

« Vous savez, il y a un type…

– Oui, effectivement je l'ai vu et entendu, il y a quelques jours, au Gaumont Palace.

– Si vous voulez, je vous l'envoie. »

Jacques est arrivé, je l'ai aperçu à contre-jour parce que le couloir était très sombre dans le rez-de-chaussée de l'appartement que je louais rue de Berri. J'ai vu une grande silhouette, un garçon maigre avec des bras extrêmement longs, et au bout d'un de ces bras, l'étui d'une guitare.

Et puis il est entré, il est venu jusqu'à moi, dans la pièce où je l'attendais.

Il s'est assis sur une chaise à côté du piano. Je ne pouvais détacher mon regard de lui. Il a commencé à chanter, et, soudain, j'étais comme dans un état second. Il m'a chanté plusieurs chansons et j'ai été émue, profondément. J'ai choisi *Ça va le diable*, en lui disant que je commençais à être connue et que je me sentais capable de défendre cette chanson-là, mais que tout le reste de son répertoire devait rester à lui, être chanté par lui.

Ça va le diable est un texte prémonitoire. Un message, une indignation que pourraient reprendre tous les indignés d'aujourd'hui, de New York à Madrid… *Le*

diable vient de faire son inspection sur la Terre était
son titre original.

> *Ça va*
> *Il y a toujours un peu partout*
> *Des feux illuminant la Terre*
> *Ça va*
> *Les hommes s'amusent comme des fous*
> *Aux dangereux jeux de la guerre*
> *Ça va.*

Ce jour-là, Brel et moi sommes devenus amis à la
vie à la mort.

*

Lorsque nous nous sommes revus, j'avais emmé-
nagé rue de Verneuil. Il était accompagné de Gérard
Jouannest, pianiste et compositeur.

Il est midi et, à cette époque, je me couche tard et
me lève tard. Ils viennent d'arriver. Encore un peu
endormie, quasi inconsciente, j'enfile un déshabillé
blanc, vaporeux, orné de dentelle, et j'arrive dans le
salon, comme ça, les yeux légèrement embrumés. Avec
Gérard au piano, Jacques chante : *On n'oublie rien.* Je
l'ai interprétée la semaine suivante sur scène, et pendant des dizaines d'années.

Bien plus tard, j'interpréterai *Ne me quitte pas.*
Et je la chante toujours, en rappel de mes concerts.
Cette chanson a son histoire. Elle marque un tour-
nant dans la collaboration entre Gérard Jouannest et
Jacques Brel.

*

Jacques lui joue, un jour, en tournée comme d'habitude, une sorte de valse mexicaine qu'il n'arrive pas à interpréter correctement. Gérard Jouannest lui propose cet air dans un tempo différent et compose un pont musical.

Cette création marque le début d'une passionnante collaboration entre les deux hommes. Gérard Jouannest composera plus d'une quarantaine de chansons pour Jacques et *Ne me quitte pas*, après un très lent démarrage, remportera quelques années plus tard un immense succès.

Je la trouve magnifique ; mais, malgré mon admiration pour Jacques Brel, la façon dont il la chante me révolte.

Cet homme éconduit supplie la femme qu'il aime de revenir. Il se traîne devant elle, perdant toute dignité. Moi, je la chante comme une menace : « Ne me quitte pas. » Et je suis persuadée d'avoir raison de la chanter de cette manière. En tout cas, c'est la mienne. Je pense même que Brel serait content, car il aimait bien mon « méchant » caractère. Il savait que chaque fois que je prenais une de ses chansons, je la faisais mienne. Il est certain que je suis une femme et que là réside la « petite différence »…

*

Nous sommes amis, complices, proches, même si le temps file sans que nous puissions nous revoir régulièrement. Il vit aux îles Marquises, moi je voyage beaucoup.

Je me souviens d'un moment exquis passé à discuter longuement avec lui, un soir, à Paris. C'était chez Eddie Barclay, après la générale de l'Olympia, en 1964. Il vient de chanter pour la première fois *Amsterdam*. Nous avons commencé une conversation en nous croisant dans les toilettes. Nous sommes restés là plus de deux heures à parler de tout, comme des fous. Lui assis sur le lavabo, moi posée sur le couvercle des toilettes. On a échangé nos points de vue sur la vie, nos projets, nos idées…

Autant de moments précieux, inoubliables.

Les commentaires des dîneurs sont allés bon train pendant cette longue absence. On peut le comprendre.

*

Un peu plus d'un an avant sa disparition, il est venu, dans le plus grand secret, répéter son prochain album chez moi, rue de Verneuil.

J'avais donné la clef de la maison à Gérard Jouannest. Je lui avais demandé de me téléphoner lorsqu'ils arrivaient afin de rester dans ma chambre. Je ne souhaitais pas me montrer pour ne pas les déranger. J'avais fait le vide dans la maison pour eux.

Au bout du troisième jour, il a demandé à Gérard où j'étais. Il devait sentir ma présence. Mais je ne voulais surtout pas les perturber dans leurs répétitions. Cet album était très personnel, très attendu. Après une dizaine de jours, il a proposé de m'offrir une chanson : « Si elle veut chanter *Vieillir*, ce serait bien. » J'ai préféré la beauté de *Voir un ami pleurer*.

Puis Jacques Brel exigea de Barclay, à sa grande surprise, que son disque sorte après le mien. Cette marque d'amitié était un acte de générosité immense.

Les Marquises est sorti en novembre, une semaine après le mien. J'y chante, entre autres, *Voir un ami pleurer, Non monsieur, je n'ai pas vingt ans* et *Adieu à toi*. Cet album est le fruit de l'association d'hommes extrêmement talentueux : paroles de Jacques Brel, Henri Gougaud, Pierre Seghers ; musique de Jacques Brel, Gérard Jouannest ; orchestration de François Rauber. L'irremplaçable, le magique, le tant aimé, lui aussi trop tôt disparu.

De ce trio magique il reste Gérard Jouannest, et c'est comme s'il portait encore en lui ses deux comparses.

31

Mes musiciens

Dans les années 1970, j'ai interprété les textes de Maurice Fanon puis d'Henri Gougaud et Pierre Seghers. Des textes d'une poésie, pour moi, inoubliable, irremplaçable.

Des textes engagés aussi, surtout ceux de Fanon.

Depuis le départ de Jacques Brel aux îles Marquises, fin 1967, Gérard Jouannest traverse une période troublée. Bien qu'il soit sollicité par d'autres artistes, il hésite à choisir. Le départ de Jacques et la fin de ce compagnonnage unique, sont difficiles à vivre.

Cette période correspond à celle où Henri Patterson, après vingt ans de complicité, semble fatigué, malade, d'humeur imprévisible. Il nous faut arrêter là notre route commune. Comment oublier la tendresse de ce merveilleux compagnon de route, le fidèle ami, le frère ? Je me sens en danger sur scène. Mais la vie n'est pas une ligne droite, et nous étions au bout de notre chemin.

Pour moi, Patterson avait inventé le « pas du chat ». Avant chaque entrée en scène, me sachant tremblante de trac, il me jouait une petite musique. Note après note, le chat avance et danse sur le clavier. Ce clin d'œil gai et enfantin me faisait sourire, puis rire et enfin conjurait ma peur. Un coup de bonheur doux et chaud.

Patterson ayant brutalement dû entrer à l'hôpital la veille de notre départ pour le Canada, je demande à François Rauber de m'aider. Il joint rapidement Gérard Jouannest, que Barbara, elle-même souffrante, vient de décommander. Et voilà comment, parfois, de manière imprévue, le destin prend forme !

Depuis, Gérard et moi travaillons ensemble. Il a écrit et continue d'écrire la musique de beaucoup de textes de mes chansons. Son complice et ami de toujours, l'arrangeur François Rauber, a fait systématiquement partie de l'aventure, pour notre plus grand bonheur.

Aujourd'hui, il faut continuer sans lui, comme il aurait souhaité que nous le fassions.

*

Dans l'album *Mon fils chante*, écrit par Maurice Fanon, musique de Gérard Jouannest, certaines chansons ont une couleur politique que j'aime. Maurice est un personnage exceptionnel, un fort caractère, nous partageons des révoltes et des combats. Mais son excessif penchant pour l'alcool est destructeur.

Nous étions proches de la gauche, nous dénoncions le capitalisme et le despotisme avec *Mes théâtres*, où Fanon rappelle l'exécution de Federico García Lorca par les franquistes en 1936.

Deux ans s'écouleront pour que naisse *Je vous attends*, un album dont presque toutes les chansons sont écrites par Henri Gougaud sur une musique de

Gérard Jouannest. J'enregistre également *L'Enfance* de Jacques Brel et *Ta jalousie* de Jean-Loup Dabadie.

Entre Henri Gougaud et moi se lie une singulière amitié. Nous ferons ensemble trois albums. *Vivre* est l'un de ses plus beaux poèmes qu'il m'ait été permis d'interpréter.

32

Serge

La première fois que je le vois c'est dans une cave vers le Palais-Royal, en 1958.

Il est seulement au piano et Michèle Arnaud chante, fort bien d'ailleurs. Il ne ressemble qu'à lui, et il a un charme fou. On me dit qu'il s'appelle Serge Gainsbourg.

Quelque temps plus tard, Canetti m'envoie ce jeune homme aux grandes oreilles et d'une timidité maladive.

Il arrive à la maison. Je lui demande s'il veut boire quelque chose, un whisky… Il dit oui.

Il est assis. C'est l'été, je suis donc pieds nus, comme d'habitude. Il a les mains tellement mouillées par le trac que le verre de cristal glisse et se brise sur le parquet du salon de la rue de Verneuil. Il est blême. J'essaie de le rassurer. Ses yeux brillent trop fort.

Il était venu me proposer *Accordéon*. Je la chante encore et la chanterai toujours.

*

Nous nous sommes revus, nous sommes baladés. Je l'ai invité à dîner à la maison. L'air est doux. Les bulles de champagne explosent. Je suis légèrement grise et je me mets à danser, ce qui m'arrive rarement. Il me regarde bizarrement. Il est rentré chez lui sans un mot, très tard.

Le lendemain, mon téléphone sonne à midi. Je reconnais sa voix et il me dit : « J'ai quelque chose pour vous. »

Quelques heures plus tard, j'ai le texte de *La Javanaise* entre les mains. C'est une splendide chanson d'amour ; c'est aussi un jeu, un jeu très subtil avec les mots, un enchantement :

> *J'avoue j'en ai bavé pas vous, mon amour*
> *Avant d'avoir eu vent de vous, mon amour...*

Serge Gainsbourg sait jongler avec génie entre musique et paroles.

33

Roda-Gil

Comment ne pas évoquer Étienne Roda-Gil ? Fou génial, immensément cultivé.

Lors d'une réunion au ministère de la Culture au sujet de la mise en péril de l'Olympia, au milieu d'autres artistes, je le rencontre et lui demande naturellement : « Voudriez-vous m'écrire une chanson ? » Il me regarde, bizarrement silencieux, puis me rattrape quelques secondes plus tard dans le couloir.

C'était un colosse pour lequel on avait de la tendresse, de l'inquiétude comme pour un enfant malade. J'étais émue par sa force, sa puissance, son intelligence… Il avait le « talent », ce talent incroyable de faiseur de chansons. Il a écrit des poèmes, des vers étonnants, créé des images abstraites. C'est un peintre de mots.

Amoureuse de son travail, j'y ai trouvé mon miel. Et puis il y a eu *Mickey travaille* :

> *Je peins mes lèvres et mes ongles en noir*
> *Pour que Mickey déraille*
> *Et je marche au hasard entre deux rails*
> *Pendant que Mickey travaille*

Musique brésilienne : Caetano Veloso ! Rien que ça…

J'ai vite compris qu'il était un être humain, ce qui n'est pas si courant. Un torrent de générosité, de tendresse, un homme raffiné, cultivé, attentif aux autres. Donc fragile. Secret et bavard à la fois.

Je savais qu'il prenait souvent des verres dans son QG, La Closerie des Lilas, avec Philippe Sollers, et que celui-ci, lui aussi très cultivé, disait : « Personne n'est plus cultivé en histoire, de façon philosophique. Parfois, ses connaissances très étendues m'échappent, sur tel ou tel mouvement de la guerre d'Espagne, par exemple, qui lui tient par-dessus tout à cœur. Il garde sans aucun doute la nostalgie profonde et informée de l'action libertaire révolutionnaire. »

Il le devait à sa naissance dans un camp de réfugiés espagnols, en 1941. À son père communiste, à sa mère catalane.

Mais, lors de notre rencontre, j'ignorais qu'il était un homme blessé. Nadine, sa femme, la mère de ses deux garçons, venait de mourir d'un cancer. Il ne s'en est jamais remis. Même si, à la fin de sa vie, il a rencontré une jeune femme et a eu une petite fille, qu'il adorait, mais qu'il n'a pas vu grandir.

*

Quand je suis allée pour la première fois chez lui, rue Cassini, il m'a montré l'atelier de Nadine, qui était peintre. Inchangé depuis le jour de sa mort. Même les roses, fanées, étaient restées dans les vases.

Est-ce cette intimité partagée en silence qui a créé ce lien étrange entre nous ? Peut-être.

Nous avons pris un grand plaisir à enregistrer le disque entier qu'il avait écrit pour moi. Et nous avions le désir de retravailler ensemble. Il s'y préparait, quand, bêtement, comme souvent, la mort a frappé. Le 31 mai 2004. Une hémorragie cérébrale. Il avait soixante-deux ans.

Depuis, je sais que Philippe Sollers n'aime plus aller à l'heure de l'apéritif à La Closerie, « parce que Roda n'est plus là ». Et moi, quand je pense à Étienne, quand je l'évoque avec mes amis, je suis toujours triste. Triste de ce que nous n'avons pas pu faire. Mais aussi heureuse de ce que nous avons fait.

34

Mes auteurs

Je ne me considère ni comme un poète ni comme un auteur, mais il m'est arrivé d'écrire des poèmes.

Gérard Jouannest en a écrit les musiques, je les ai enregistrés dans l'album de 1975 : *Le Mal du temps*, *Fleur d'orange*, *L'Enfant secret*... et *Pays de déraison*, puis *L'amour trompe-la-mort*, dans l'album de 1977. Mais je n'ai pas souhaité les chanter à nouveau en scène, sauf de rares fois, pour *L'Enfant secret* et *Fleur d'orange*.

Ces mots sont mes sentiments. Ils ne sont pas le fruit de ma raison, mais le fruit de mes émotions. Ils me collent trop à la peau. Ils transpirent par mes pores, je les subis, je n'ai aucun réel contrôle sur eux, ce qui n'est pas dans mes habitudes, dans ma manière d'interpréter les textes des autres.

Je préfère choisir des textes que j'aime, que je sens, qui me conviennent, et me mettre à leur service. Je me protège et me dévoile à la fois. J'aime les beaux mots comme on aime un tableau. J'aime la couleur des mots, leur puissance. Leurs secrets, aussi.

*

Pour moi, une chanson est une œuvre théâtrale. Une bonne chanson est une pièce de théâtre qui dure deux minutes et demie, avec un premier acte, un deuxième acte et un troisième acte au minimum !

On peut parfois choisir un texte pour ce qu'il dénonce, ce qu'il défend, mais aussi pour un simple instant de plaisir, la pure beauté de la chose. J'ai enregistré certains poèmes d'Aragon ou d'Éluard, d'autres encore, juste pour ça. Et puis je rencontre de nouveaux poètes, je lis des merveilles…

Pour mon grand bonheur d'interprète, j'ai la chance d'être sollicitée par une génération de nouveaux poètes. Jeunes ou moins jeunes, ils sont surtout modernes, vivants, engagés dans leur monde ; les yeux et les oreilles grands ouverts. Orly Chap, Abd al Malik, Miossec, Marie Nimier, Benjamin Biolay me sont proches.

L'amour des mots et le respect du public nous réunissent.

J'ai une tendresse particulière pour l'écrivain Marie Nimier.

Son texte *Pour vous aimer*, sur l'album *Aimez-vous les uns les autres ou bien disparaissez*, est l'exemple même de son talent, de même que *Le Pont Marie* et les textes qu'elle a écrits dans le dernier album.

Marie Nimier sait bien qui je suis. Elle m'a écrit une chanson, juste pour moi. Elle se met dans ma peau avec une surprenante justesse. Je chante Moi, je chante l'image de Moi. Je chante mon histoire vue par Marie, mais ce ne sont pas mes mots, et c'est ce qui me rend libre.

*

J'ai semé mes idées, petit à petit, sans perdre l'envie de donner de la vie à la poésie.

Je suis venue vers Jean-Claude Carrière, ou plutôt il est venu à moi par Gérard Jouannest. Gérard a eu un coup de cœur pour son livre *Chemin faisant*. Il a mis en musique un des poèmes. Nous avons pris contact avec lui et nous avons continué à travailler ensemble. J'ai enregistré l'album *Un jour d'été et quelques nuits*, composé de douze poèmes sur une musique de Gérard Jouannest et arrangements de François Rauber, et l'ai créé à l'Odéon en 1999.

Récemment, c'est à Jean-Claude Carrière que j'ai à nouveau osé poser la question, quelque peu culottée : « Est-ce que, pour le nouvel enregistrement, vous voudriez bien m'écrire un texte sur les ponts ? » Il a ri et m'a dit : « J'adore ce genre de commande. »

Il est d'une formidable simplicité et ne m'a en aucune manière tenu rigueur de mon absence de respect. Mais, pour moi, c'est une sorte d'« homme universel ». Il sait tout sur tout ! Vous voulez lui parler du jardin, il vous explique comment poussent les roses ; vous lui parlez du vin, il sait exactement comment faire le vin, vous lui parlez poésie, il est lui-même un poète tout à fait remarquable ; vous lui parlez littérature, il sait ; vous lui parlez théâtre, il adore.

C'est un puits de science.

*

Nous avons enregistré comme d'habitude, comme on enregistrait dans les années 1950-1960, en direct comme les Brassens, Brel, Barbara, Ferré, et Gainsbourg à ses débuts. En direct, avec musiciens et chef d'orchestre. L'émotion est intacte. Jacques Brel a dit : « Le disque est un sous-produit de la chanson. » Je pense qu'il voulait nous faire comprendre que l'acte de chanter devant le public est essentiel.

Chanter, c'est tout donner et recevoir la vibration du public. Lorsque j'enregistre en studio, je chante pour les musiciens, je ne pense pas du tout à la technique. Je fais très peu de prises car à force de trafiquer les enregistrements jusqu'à faire chanter juste ceux qui chantent faux, il n'y a plus d'âme, plus de chair, plus de sang qui coule, plus de sang qui chauffe. Plus de sueur, plus de cœur qui bat. Le disque devient un objet.

Moi, j'aime bien les objets vivants. Un disque doit être un objet vivant. Je ne demande pas à une casserole d'être un objet vivant (quoique !), mais un disque se doit de l'être.

À la fin d'une journée intense d'enregistrement, je me souviens de cette charmante violoniste, venue me remercier du moment de vie qu'elle venait de ressentir pour la première fois de sa jeune carrière, car les instrumentistes, généralement, enregistrent séparément et ne savent la plupart du temps ni pour qui ni pour quoi. Elle entendait enfin les paroles, les mots et la musique ensemble. Ils devenaient vivants, donnaient des émotions : l'art dans la rue, de la rue, l'art de respirer l'air des autres, de donner, de se déchirer, de s'aimer.

La vie, quoi !

35

Rencontres et amitiés

Je voudrais aussi parler de ceux sans qui ma vie n'aurait pu être ce qu'elle est. L'ami de toujours et pour toujours avec lequel j'ai vécu la pluie et le beau temps pendant plus de soixante ans : Marcel Lefranc. Josyane Savigneau, l'amie – pas de toujours, mais pour toujours elle aussi. L'amitié dans ce qu'elle a de plus beau, les secrets partagés, la complicité. Nous nous voyons peu, mais nous nous parlons énormément. Échange. Confiance. Refuge.

*

Il y a presque dix ans, j'ai eu dans mon travail la chance extraordinaire de rencontrer un homme pour lequel j'ai une profonde admiration. En plein été 2002, il a débarqué à la maison, à Ramatuelle : vêtu de noir, haute stature, cheveux bouclés entourant un visage juvénile. Sérieux. Chaleureux. Plein de projets pour moi qui étais sans maison de disques à l'époque. Depuis, nous ne nous sommes plus quittés. Ses idées, ses choix me sont précieux. J'aime Jean-Philippe Allard et je lui dis merci « Patron chéri » – je sais qu'il va sourire. Il est entouré de femmes d'exception. Farida Bachir, qui est fortement présente à ses côtés. Bienfaisante. Intel-

ligente. Positive. Inventive. Indispensable pour moi et
pour bien d'autres, j'imagine. Valérie Thieulent, l'une
des meilleures attachées de presse qu'il m'ait été donné
de rencontrer jusqu'à aujourd'hui, reconnue et respec-
tée même par ceux qui ne l'aiment pas, avec qui je
travaille avec un vrai bonheur, une amie délicate, pro-
tectrice et terriblement efficace. Sans oublier Romain
Bilharz, grâce à qui j'ai pu rencontrer de jeunes auteurs.

Jean-François Dubos, que j'ai rencontré chez Jac-
queline Franjou, que j'aime comme l'enfant qu'elle
est restée en dépit de ses lourdes responsabilités. Jean-
François Dubos, avec qui je me suis liée d'amitié. Une
découverte surprenante. Heureuse. C'est beau, l'intelligence de l'autre…

Pascal Nègre, aussi féroce et puissant quand il le
veut, que tendre et attentif avec les artistes qu'il aime.
Grand patron. Rare. Je me sens protégée à l'intérieur
de cette famille de travail.

*

Avec mes auteurs, mes compositeurs nouveaux. Ils
et elles pourraient être mes enfants. C'est le sentiment
que j'ai en les regardant, en les écoutant.

Miossec, humain somptueux. Le cœur en lambeaux.

Abd al Malik, homme de paix et de tolérance, de
tendresse humaine. Homme de lumière.

La petite bombe Orly Chap. Formidable.

Olivia Ruiz, belle comme l'intérieur de sa tête et de
son cœur, le talent en plus. Si forte et si légère à la fois.

Ma petite Marie Nimier, écrivaine bouleversante. Si
près, tout près de mon cœur.

Benjamin Biolay, bourré de talent. Séduisant. En pro-
grès constant. Étonnant personnage.

Marc Lavoine, à juste titre chéri de ces dames. Mais humble et généreux, actif. Homme (très beau, ce qui ne gâche rien...) de grand talent dans son métier et dans sa vie.

François Morel, délicat mais percutant... il sait défendre ce qu'il aime et descendre en flammes ce qu'il n'aime pas. Et tout ça avec la grâce de la poésie la plus pure. Courageux.

Ce drôle de Féfé et sa vision très personnelle de notre monde. Joyeux et grave à la fois.

Ma très chère Amélie Nothomb, l'extraordinaire, la surdouée, la joyeuse. Une source d'émerveillement(s). Intarissable.

Rencontre très étrange avec Gérard Duguet-Grasser, à la fois violente et fructueuse. Beau moment.

Rencontre musicale aussi avec Gil Goldstein sur les arrangements duquel je chante dans les deux derniers CD, dont un enregistré aux États-Unis avec des musiciens de jazz époustouflants. L'homme est le charme même, le talent aussi. Tout ça dans la douceur, la courtoisie et l'humour. Ça vaut vraiment la peine d'être encore vivante ! De recevoir des cadeaux comme *Le Pont royal* offert par Philippe Sollers, magnifique, pour ce dernier CD. La vie peut être la pire des garces et la plus généreuse.

Parmi les rencontres étonnantes... il y a plus de quarante ans, est arrivée de Finlande la photographe Irmeli Jung. Notre collaboration et notre amitié ne se sont jamais démenties. Elle a publié un très beau livre sur moi aux éditions de l'Imprimerie nationale, avec un texte de la talentueuse Régine Deforges. Magnifiques photographies. Sans compter les pochettes de disques et les divers portraits.

Les galas sont organisés par des hommes qui savent tout de leur métier et le pratiquent avec une parfaite élégance, chose assez inhabituelle dans le milieu des agents artistiques. Maurice Marouani, disparu aujourd'hui, a été présent pendant de longues années près de moi. C'est aujourd'hui son frère, Charley Marouani, l'ami, l'homme de Brel, de Barbara, de Dassin, de Sylvie Vartan, et tant d'autres, qui veille sur moi, ainsi que Thierry Suc l'indispensable. J'y vais les yeux fermés. Confiance. Amitié. Vérité. Tout est là, sans parler de leur compétence. Les techniciens aussi sont là. Amis. Étienne Fischer, qui manipule subtilement la voix de la chanteuse et celle des instruments. Il me sauve de toutes mes faiblesses. Il est le son. Terrible responsabilité qu'il assume totalement sans faille. Le grand Jacques Rouveyrollis, qui m'a confié à Christophe Pitras pour les lumières. Magique. Alain Michel Millet, qui organise tout pour tout le monde. Le compagnon des derniers instants dans la pénombre des coulisses, derrière le rideau – ses mains sur mes épaules sont pour moi une source de réconfort.

36

Le père de ma fille

En 1953, Jean-Pierre Melville m'offre un rôle principal dans *Quand tu liras cette lettre.*

Pour la seconde fois, je porte la coiffe de bonne sœur. Drôle de rôle pour celle qui incarne à cette époque les folies de la jeunesse de la rive gauche et des fêtes délirantes du Club Saint-Germain.

C'est sur ce tournage que je rencontre le père de ma fille, l'acteur Philippe Lemaire, joyeux, rieur. Je tombe sous le charme de ses yeux bleus et de ses cheveux blonds. C'est un acteur dont les filles, les femmes raffolent. Avec son regard de séducteur et de mauvais garçon, il plaît.

Rien ne nous réunit, mais je le trouve beau, tout simplement. Nous nous aimerons le temps de nous marier à la mairie du VIIIe arrondissement de Paris et de faire un bel enfant blond aux yeux bleus. Une fille. Laurence-Marie.

La fête de notre mariage, organisée par mon ami Marc Doelnitz, est tout à fait réussie : un déjeuner pour la famille et les proches dans notre quartier, chez Allard – merveilleuse cuisine française. La décoration des tables, l'ambiance feutrée. Du cinéma à la chanson, quelques personnalités de la rive gauche et de la rive droite sont conviées. Le soir, Marc organise un bal dans le jardin de l'appartement de la rue de Berri. Nous nous amusons énormément.

J'étais heureuse de donner cette fête en l'honneur d'un amour que confusément je savais déjà sur la pente descendante.

*

Seule avec lui, déjà je m'ennuyais. Dénué d'humour, il ne me surprenait pas, c'est le moins que l'on puisse dire. Il aimait dormir, en attendant, inquiet, le rôle qu'on allait lui proposer. Il était passif, négatif. Il m'agaçait.

Dans un accès de colère, poussée à bout, alors même que je n'avais pas quitté la clinique où je venais de mettre au monde notre enfant, j'attrapai le lourd téléphone blanc et le lui jetai violemment à la tête. J'ai par chance loupé ma cible, mais aussi compris que ça ne pouvait plus durer.

Quelques jours après être rentrée à la maison, rue de Berri, je lui ai dit très simplement :
« Je vais m'occuper du divorce.
– Quel divorce ?
– Le nôtre. »

Nos relations s'arrêteront là. Il viendra voir sa fille quelques petites fois puis très vite, plus rien. L'absence, cruelle pour l'enfant.

Renoir

Après un tour de chant de plusieurs semaines à l'Olympia, alors que ma fille, Laurence-Marie, est encore un tout petit bébé, j'emménage seule rue de Verneuil.

Je reçois de belles propositions de théâtre et de cinéma. J'accepte.

J'ai à la fois envie et besoin de travailler. Il me faut élever mon enfant et vivre.

Simone Berriau, propriétaire du théâtre Antoine à Paris, me propose de jouer le premier rôle dans *Anastasia*, pièce moderne de Marcelle Maurette qui relate l'histoire de la dernière fille présumée du tsar Nicolas II.

Dans le même temps, Jean Renoir me fixe rendez-vous pour un essai dans *Elena et les hommes*, à l'affiche duquel se trouvent les noms prestigieux d'Ingrid Bergman, Mel Ferrer, Jean Marais. Je tremble d'impatience et de curiosité à l'idée de cette rencontre.

*

Je me présente aux studios de Saint-Maurice. Renoir m'accueille presque paternellement et me guide vers une loge. Il me montre une malle pleine de foulards, jupons, châles : « Choisis ce que tu veux. Tu dois interpréter une Gitane. »

Renoir repart et me laisse, perplexe, face à cette montagne de chiffons. Puis, me tirant de mes interrogations solitaires, je me lance dans les essayages avec pour seul mot d'ordre : « Amusons-nous ! »

Un moment plus tard, je me présente sur le plateau, en jupe longue de velours râpé, une blouse fleurie délavée et un châle de soie. Renoir oscille de la tête en signe d'acceptation, l'essai sera satisfaisant. C'est entendu, je jouerai Miarka, la bohémienne.

Le tournage du film commence quelques semaines plus tard, début 1956. Depuis l'automne, je joue chaque soir *Anastasia* au théâtre Antoine. La salle est comble.

Après la représentation, je saute dans un taxi pour aller chanter à la Villa d'Este. Le lendemain, je me présente à huit heures sur le tournage d'*Elena et les hommes*.

Je ne dors que trois, quatre heures par nuit. Le rythme est dense. Je chante à l'écran deux nouvelles chansons : *Méfiez-vous de Paris*, et *Miarka*, sur des musiques de Joseph Kosma et des paroles de Jean Renoir.

Quelque temps après la sortie du film en salle, je les enregistre.

Jacques Canetti a fait appel à André Popp pour l'orchestration : c'est le début d'une belle complicité musicale et d'une sincère amitié.

À la fin du tournage, je ressens le poids de ce rythme fou, mais la joie, l'excitation de jouer et de continuer à chanter pour le public me tiennent éveillée.

Je vis pleinement.

Les jours de relâche, ou en fin de soirée, je rejoins mes amis au bar de la Régence, place du Théâtre-Français. Les comédiens de la Comédie-Française et de la Michodière s'y retrouvent après le spectacle.

Mon ami Marc Doelnitz en a fait un lieu de rendez-vous où les potins vont bon train. Robert Hirsch, Jacques Chazot, Jacques Charon, Annie Girardot, Anne-Marie Cazalis, et bien d'autres jeunes comédiens y dînent après la représentation. Le comédien Roland Alexandre fait partie de la troupe.

À la Régence, nous discutons, rions ensemble. Il est beau, spirituel et intelligent. Il possède un charme irré-sistible, une forte présence et une voix très agréable. Nous aurons une aventure amoureuse. Mais Roland a des soucis avec la Comédie-Française, qu'il souhaite quitter pour une autre troupe. Les relations avec l'admi-nistration sont très tendues.

Au même moment, le décès de son père le boule-verse et l'accable. Une nuit, il m'appelle plusieurs fois et nous parlons. Ses propos sont incohérents. Il m'accuse de ne pas vouloir le voir, me soupçonne de trahison. Je ne comprends pas. La fatigue m'enveloppe, tout dou-cement. Je suis épuisée. Il faut que je raccroche ; je dois me lever à six heures et il est quatre heures. Je lui promets de l'appeler à huit heures pour le réveiller.

Sa voix s'est éteinte à jamais.

Ma douleur est vive, terrible. La presse s'empare de l'affaire et s'acharne. Je laisse dire, ne fais aucun commentaire. Je ne me sens pas responsable de ce geste de désespoir, alors que beaucoup me l'imputent.

Chanter, jouer…

38

Polémique

Il n'est pas facile de conquérir le public.

À mes débuts, les gens m'observent avec réticence. Dans leur esprit, je ne suis qu'un brin de fille, insolente et provocante. L'ambiance est un peu fraîche… Il m'a fallu beaucoup d'énergie, de conviction et de volonté pour chanter les textes auxquels je crois. J'ai dû me battre, je me bats toujours.

*

En 1950, je me produis à Marseille pour la première fois, sur la scène de l'Alcazar. Derrière le rideau, j'entends un brouhaha, un public actif et très particulier.

Le rideau se lève et, après cinq chansons, j'entends le bruit de piécettes rebondir sur la scène. Le public me signale son mécontentement.

À cette époque, et pour la majeure partie des gens, l'image de la femme que je représente n'est pas recevable. Ma propre personne, ma voix, mon interprétation, mes formes ne sont que provocation. Dans ma robe noire moulante, les cheveux défaits, la voix grave, je suis une image violente, un scandale, un interdit !

Il m'est arrivé de quitter la scène, mais pour des raisons différentes. À Gstaad, lors d'une soirée très élégante, le public est si peu réceptif que j'ai choisi, après trois chansons interprétées dans un brouhaha mondain, de partir sur-le-champ et de rentrer dans ma chambre d'hôtel, marchant d'un bon pas dans la neige en escarpins et robe de scène ! J'avais la très pénible sensation de déranger cette assemblée, certes fort élégante mais intéressée par elle seule.

Je donne tout, donc je peux aussi réagir très violemment.

39

Le cinéma

Je n'ai jamais pensé faire carrière au cinéma, mais j'ai toujours aimé les cinéastes et les acteurs.

Là, une fois encore, j'ai eu de la chance, la chance de jouer dans des films ou au théâtre et de rencontrer des comédiens exceptionnels, de Simone Signoret à Orson Welles, Trevor Howard, Errol Flynn, Ava Gardner, Mel Ferrer, Ingrid Bergman, Audrey Hepburn et des metteurs en scène prestigieux comme John Huston, Richard Fleisher, Henry King, Jean-Pierre Melville, et j'en passe, je ne vais pas faire un catalogue...

Simone Signoret était un bijou, une splendeur infernale.

Je l'ai rencontrée à mes débuts. Elle était passée sur le tournage d'*Ulysse ou les Mauvaises Rencontres*, d'Alexandre Astruc. Elle me donnait des conseils, très gentiment.

Je n'aimais pas mon visage. Au fil de nos discussions, j'en vins à parler à Simone de ce nez qui était devenu mon ennemi. Elle me donna ce conseil : « Si tu veux vraiment raccourcir ton nez, il faut mettre un peu de rouge au bout. »

C'est ce que je fis de façon maladroite, un peu excessive, heureusement le film sortit en noir et blanc.

Simone et moi nous sommes revues de temps en temps. Je l'aimais. Elle était admirable.

Elle ne m'a jamais pardonné de ne pas aimer Yves Montand. Je respectai l'artiste, pas l'homme.

*

Au cinéma, j'ai commencé par faire de la figuration, puis j'ai interprété de tout petits rôles, assez cocasses.

Louis Daquin me fait apparaître deux ou trois fois devant la caméra en costume de religieuse dans *Les Frères Bouquinquant*. En 1949, c'est Julien Duvivier qui me propose un petit rôle dans *Au royaume des cieux*. J'interprète une pensionnaire dans une maison de redressement.

Je découvre les rudiments du métier.

En premier lieu, la patience, vertu essentielle. Des heures s'écoulent entre deux scènes et, bien sûr, il faut faire preuve d'humilité et de totale disponibilité face à un metteur en scène « génial » – et qui l'est réellement – vociférant, hors de lui, torturé par le temps qui s'envole et les millions qui vont avec.

*

En 1950, je découvre un cinéma différent.

Alors que je fais mes débuts à La Rose Rouge, Cocteau adapte au cinéma sa pièce de théâtre *Orphée* et m'offre le rôle de la reine des Bacchantes. Jean Marais, d'une beauté inouïe, incarne Orphée, Maria Casarès, sensuelle et glaçante, est la Mort et François Périer, formidable comédien, est Heurtebise.

Cocteau, avec la grâce et le talent qui le caractérisent, nous dirige. Le maître est aussi un poète, un peintre, un écrivain. C'est le bonheur.

J'enchaîne la même année avec le tournage de *Sans laisser d'adresse*, de Jean-Paul Le Chanois, dans lequel je joue le rôle d'une chanteuse. Michel Piccoli est aussi à l'affiche de ce film, mais nous ne nous croisons pas.

L'année suivante, Joseph Kosma, qui a écrit la musique de mes premières chansons, m'entraîne dans l'aventure d'un film américain – *Green Glove* (*Le Gantelet vert*) s'avérera médiocre, malgré la présence d'acteurs prestigieux comme Glenn Ford et Geraldine Brooks.

Le tournage a lieu aux Studios de la Victorine, à Nice. Kosma me demande de chanter. La scène est coupée au montage, mais la chanson, *Romance*, d'Henri Bassis, est conservée. Grâce à elle, je recevrai le Grand Prix du disque. Comme quoi…

*

Le cinéma a cela de bon qu'il me fait gagner de l'argent.

J'ai vingt-quatre ans et mon cachet en poche. Je me promène dans les rues de Nice et passe devant la vitrine d'une bijouterie. Le soleil de midi tape fort et fait jaillir des rayons de couleur d'un drôle d'objet. Fascinant. Je ne résiste pas et franchis le seuil de la bijouterie. Sur un coup de cœur, je m'offre mon premier très joli bijou : un cristal taillé en forme de cachet monté sur de l'or avec deux petits rubis. Je l'ai acheté d'occasion, et beaucoup porté. Trophée de mon indépendance financière.

À cette époque, je vis dans mon petit appartement parisien.

Un matin, je reçois un courrier de Londres. Une production américaine souhaite me voir. Le message est signé David O. Selznick. Dans l'enveloppe, les billets d'avion et la réservation à l'hôtel de Savoy. Il n'en faut pas plus pour aiguiser ma curiosité naturelle.

À peine arrivée, je suis conduite dans les bureaux du metteur en scène. Charmant, cheveux grisonnants, regard perçant, David O. Selznick s'assied derrière son bureau, face à ses dossiers. « Nous avons de nombreux projets de films pour vous. Je vais vous expliquer comment les choses se déroulent. Nous vous garantissons un contrat d'une durée de sept ans. Nous nous occupons de tout : choix des rôles, publicité, vêtements, coiffure. Il faudra peut-être couper vos cheveux… »

Mon sang ne fait qu'un tour. Je me lève et l'interromps sèchement : « Je vous remercie, monsieur, mais j'ai un caractère épouvantable, je suis un cheval incontrôlable. »

Le temps de récupérer ma valise, je file prendre le premier avion pour Paris.

De cette expérience j'ai appris qu'instinctivement je fuis toute forme de possession, d'aliénation. Jamais je n'ai trouvé quelqu'un d'assez riche pour m'acheter. Je ne suis pas à vendre.

*

Aux côtés d'Eddie Constantine, en 1956, je tourne *La Châtelaine du Liban* et *L'Homme et l'Enfant*, réalisés par Raoul André.

Les scénarios sont légers, très légers, mais nous nous amusons beaucoup sur les tournages. Eddie Constantine est gentil, drôle, attentionné.

La bonne humeur est toujours sur le plateau. L'ambiance relève d'une joyeuse colonie de vacances. Eddie Constantine organise une belle fête de fin de tournage. Les séparations seront difficiles, comme souvent à ce moment-là.

40

New York

J'enchaîne immédiatement par un voyage. Je dois chanter au Waldorf Astoria de New York.

Maurice Carrère, qui, dès mes débuts, a cru en moi et m'a ouvert les portes de son cabaret de la rive droite, organise une soirée de bienfaisance *April in Paris* dans le plus grand salon du célèbre hôtel.

D'un abord simple et chaleureux, il est très doué. Il connaît parfaitement le milieu de la chanson et du music-hall parisien. Il me demande de participer à son spectacle. Il me rassure. « Je serai là, à tes côtés », me dit-il. Je me laisse convaincre par son tendre sourire.

Je suis attendue. À guichet fermé. La petite muse de Saint-Germain-des-Prés a décidément gagné des galons.

Mon arrivée dans ce grand hall d'hôtel ravive mes premières émotions de voyages sur le continent américain, en 1952.

*

Le spectacle présente aux plus richissimes célébrités américaines les splendeurs et les clichés de l'histoire de Paris. Du Roi-Soleil au French Cancan, la scène brille de décors et de costumes époustouflants.

La Comédie-Française prête ses ateliers ; les grands couturiers et joailliers français participent au gala. Jacques Fath, Jean Dessès, Pierre Balmain, Christian Dior et le jeune Hubert de Givenchy se sont déplacés à New York pour l'occasion.

Mais, avant le gala, encore faut-il arriver jusqu'aux États-Unis. Huit jours de traversée de l'Atlantique m'apprendront que j'ai un mal de mer invincible.

À notre arrivée sur la terre ferme – enfin ! – si peu de bagages m'accompagnent que Maurice Carrère n'hésite pas à me confier une de ses valises de costumes. Le douanier repère mon allure étrange et me demande d'ouvrir la valise. J'ignore totalement son contenu. C'est avec stupéfaction que je découvre un lot de cache-sexe et de bouts de seins assortis, pailletés, strassés, emplumés ! Mes joues s'empourprent.

« Qu'est-ce que c'est ? dit le douanier, avec un petit sourire en coin.

– Des costumes de scène ! »

Réponse stupide !

Je ne souhaite qu'une chose : m'échapper rapidement de cette situation ridicule. J'explique, dans un anglais approximatif, à quoi servent ces parures et je montre furtivement sur quels endroits du corps elles se posent.

Le douanier rigole, ses acolytes de même. Libérée, je referme en vitesse la fameuse valise et marche d'un bon pas vers la sortie, tête baissée. Courage ! L'aventure continue !

*

Ce séjour reste gravé dans ma mémoire, comme tous les moments exceptionnels de ma carrière. Curieuse et silencieuse, j'apprends par l'observation, je jubile dans la nouveauté. Maurice Carrère dirige les répétitions avec tact et gaieté. La tâche n'est pas mince.

Les comédiens et chanteurs parisiens en vogue sont au rendez-vous : Jean-Pierre Aumont, Arletty, Tino Rossi, Les Frères Jacques. Dans les coulisses, on peut croiser Charles Boyer, Jacques Charon, Mony Dalmès, le magnifique Rex Harrison ou encore Laurence Olivier.

Tétanisée par le trac, vêtue de mon unique robe de scène noire à manches longues achetée en solde chez Balmain, ma seconde peau sur scène jusqu'à ce jour, je me lance dans l'arène et chante *Je hais les dimanches*.

Je réapparais quelques minutes plus tard dans un fourreau lamé or, épaules et bras dénudés, créé pour l'occasion par Pierre Balmain. Je suis très mal à l'aise, mais l'effet est réussi. J'interprète *La Fourmi* et *Je suis comme je suis*.

À mon grand étonnement, je reçois un tonnerre d'applaudissements qui me surprend très agréablement. Le spectacle *April in Paris* est un triomphe.

Mon premier passage en Amérique reste pour moi une étrange et belle aventure.

41

Mister Zanuck

Je suis sur le point de finir mon contrat au Waldorf Astoria lorsque Mel Ferrer me téléphone. Il est à Mexico sur le tournage du film *Le soleil se lève aussi*, dirigé par Henry King d'après l'œuvre d'Ernest Hemingway.

Pour les besoins du film, l'équipe recherche une actrice française, un second rôle. Mel insiste pour que je vienne. J'interroge Pat. « Viendrez-vous avec moi faire un tour à Mexico ? » Pat et Crocodile sont d'accord. Décidément, l'aventure continue.

Darryl Zanuck est le producteur du film.

En visite sur le tournage de *The Sun Also Rises* au Mexique, le respecté et célèbre producteur déjeune avec mon adorable copain, le premier mari d'Audrey Hepburn… Mel Ferrer.

Dans le *Times*, il lit une critique de mon concert au Waldorf Astoria, très bonne, avec une petite photo – ce qui était très rare sur mon tour de chant. Mel met mon portrait sous le nez de Darryl. « Vous cherchez quelqu'un pour le rôle de la Française… Qu'est-ce que vous pensez de ça ? de Gréco ? »

Gregory Ratoff est présent, il parle parfaitement le

français, me connaît, et donne plus de détails sur mon parcours à Zanuck. Nous partons donc pour Mexico.

*

Une limousine nous attend devant l'aéroport, nous dépose devant un bel hôtel avant de me conduire, une heure plus tard, dans les studios de la production. Mel Ferrer m'accueille à bras ouverts et me conduit dans le bureau de Darryl Zanuck.

L'homme d'une cinquantaine d'années à l'allure élégante, de petite taille, les yeux bleus, le regard dur et vif, fume un cigare. Mel me présente, on se serre la main. Mel me confie à la costumière afin d'essayer la tenue et le chapeau du rôle. Je m'exécute.

La coupe de la robe années trente est revue et corrigée par Hollywood, le chapeau ridicule. Seule dans la loge, je demande une paire de ciseaux et supprime les plumes superflues. C'est décidément chez moi une manie de me débarrasser de ce qui me déplaît.

Lorsque je me présente devant le producteur, la costumière, à ses côtés, bouche bée, yeux exorbités devant ce que j'ai fait au chapeau, demeure figée. Je ne me fais pas une amie ce jour-là. Le producteur fait, lui, une moue de satisfaction. Le tournage doit commencer le lendemain.

Sur le plateau, Darryl Zanuck fait son apparition. Il me demande si je suis bien installée, si je ne manque de rien.

Dès le premier soir, il me téléphone à l'hôtel et m'invite à dîner. Je refuse poliment, prétextant l'épuisement. En réalité, je préfère la compagnie de mon ami

Pat et de mon chien Crocodile, que Zanuck appelle Crocky. « Où est Crocky ? » dit-il. Et Audrey Hepburn de reprendre, le matin sur le plateau : « Juliette, est-ce que tu as promené Crocky ?

– Non, je n'ai pas promené Crocky !!! »

« Est-ce que tu as pris ton petit déjeuner ?

– Non »

Je désespère Audrey par mon manque d'hygiène alimentaire et ma façon de vivre trop fort.

Chaque jour, le producteur s'enquiert de ma personne et de mon confort. Il m'invite à nouveau à dîner, cette fois-ci en compagnie de Gregory Ratoff. J'accepte.

Zanuck est un formidable conteur de souvenirs de tournages et d'anecdotes, pleines d'humour, sur les stars hollywoodiennes. Il est captivant.

Le soir suivant, nous rejoignons Audrey Hepburn et Mel Ferrer. Puis, c'est avec tous les comédiens du tournage que nous nous retrouvons. Je commence à le regarder d'un autre œil. J'apprécie sa compagnie, nos échanges, sa culture cinématographique. Il parle très bien le français. Et un soir, en le regardant, je me dis : « Qu'est-ce qu'il a de beaux yeux, ce mec, qu'est-ce qu'il a de belles mains… »

Dès lors, nos tête-à-tête se font plus réguliers, presque quotidiens… Nous déjeunons, nous travaillons…

*

Lui qui est une terreur pour ses collaborateurs est d'une courtoisie, d'une gentillesse exceptionnelles avec moi.

À Hollywood, il arrive dans son bureau – réplique

du bureau de Napoléon – avec un maillet de croquet, ou de polo, et il tape sur la table ! Tout le monde tremble. Tout le monde... sauf moi ! Je tombe lentement amoureuse de lui.

Un jour, Tyrone Power, à qui je donne la réplique dans le film, me dit : « Écoute, fais très attention parce que ce type est complètement fou de toi et que ça va te causer des soucis.

– Mais... quel souci ?

– Méfie-toi, c'est un type dangereux. »

Tyrone a un penchant pour moi et je passe avec lui des moments très agréables, il est charmant. Mon ami Mel est également inquiet de la tournure que prend ma relation avec ce producteur influent. Il ne peut s'empêcher de me mettre en garde. Cette relation fait peur à ceux qui m'aiment. Je n'en comprends pas la raison.

Les scènes me concernant sont terminées, bien que rallongées au fil des jours...

Je mets fin le plus simplement du monde à cette aventure amoureuse, et Pat, Crocodile et moi rentrons à Paris.

Un mois plus tard, la production tourne les scènes parisiennes de l'œuvre d'Hemingway. L'équipe s'installe dans le VIe arrondissement de Paris et je revois Darryl Zanuck. Je réalise combien je suis attachée à cet homme. Une histoire forte se dessine. Elle durera plusieurs années.

À ses côtés, j'apprends plein de choses. Et pour ne rien déranger, il est un merveilleux amant. C'est une belle aventure, sans regret aucun !

42

L'addiction

Fin 1956 et toute l'année 1957, je mène mes deux métiers de front.

Je prépare un nouveau tour de chant, un spectacle à l'Olympia, j'enregistre en studio et je joue au cinéma.

Je retrouve ma bande d'amis, mais Zanuck, possessif et passionné, m'éloigne de la capitale en me faisant tourner à l'étranger.

Je pars en Afrique pour *The Naked Earth*, une saga coloniale. L'équipe anglaise est formidable. Avec eux, je découvre l'Ouganda et regarde ce monde nouveau pour moi.

Je sympathise avec les autochtones venus faire de la figuration ou tout simplement regarder ce que font ces riches Occidentaux inconscients de la situation locale, du danger que représentent l'environnement animalier et la confrontation culturelle. Avec certains, nous échangeons quelques mots ou parlons avec les gestes, les sourires, le toucher. Mais il nous est arrivé de ressentir un vif agacement de leur part lorsque, sur le tournage, les costumières ont paré les figurants nus d'un cache-sexe.

Dans la soirée, ils dansent autour de nous et chantent sur des paroles, dont plus tard le traducteur nous dira qu'elles sont guerrières, violentes à l'encontre des Blancs. Il nous est d'ailleurs arrivé de quitter rapidement les lieux, par sécurité.

*

Un matin, alors que nous tournons une scène en extérieur, un avion biplace s'approche de notre camp et, dans un bruit retentissant, pique sur nous, se redresse et vole en rase-mottes au-dessus du plateau. Vent de panique, une demi-journée de tournage perdue. À sa descente d'avion, Darryl Zanuck sourit, fier de lui. Je suis furieuse. Il est parfois invivable.

La suite du film est réalisée dans les studios anglais de Pinewood, près de Londres. Ce ne sera pas un chef-d'œuvre, loin de là. Je loge à l'hôtel Savoy pour quelques semaines. Le dimanche, je profite du jour de relâche et de détente pour me rendre à la National Gallery. Je contemple les *Tournesols* de Van Gogh. À cette époque, il n'y a pas d'alarme électronique. Dès que le surveillant tourne le dos ou s'absente quelques minutes, je tends mon bras à la vitesse de l'éclair et caresse la toile.

Un soir, de retour à l'hôtel après ma visite aux *Tournesols*, je cherche une cigarette. Plus rien, *nothing*, *nada* ! Je quitte ma chambre et me dirige vers la loge du concierge de l'hôtel de Savoy, qui en général me fournit gentiment. Il n'est pas là, c'est son jour de congé et il n'y a pas de cigarettes. Je marche dans Londres, de long en large, sur mes petits talons, à la recherche d'un marchand de tabac. Ils sont tous fermés. Je rentre dans ma chambre et, dans une grande colère, je décide d'arrêter de fumer. J'ai tenu. Je n'ai jamais retouché une cigarette.

Je ne supporte pas l'idée de la dépendance. Même celle-là.

Indomptable

Lorsque Darryl Zanuck est en France, il vit à l'hôtel Plaza Athénée. Son amour est là. Fort.

De voyages en cadeaux, il me comble.

Mais je n'appartiens qu'à moi. Je ne suis pas modelable. Je suis en acier trempé !

Je crois que je fais partie, sans doute, des « choses » qu'il n'a jamais possédées. Un détail le surprenait beaucoup : je ne demandais jamais rien et j'habitais chez moi. J'ai toujours payé mon gaz, mon électricité, les gens qui travaillaient dans la maison. Il n'a jamais rien payé pour moi. Il m'a fait des cadeaux, mais ne m'a jamais donné un franc !

Je pense qu'il n'avait jamais vu une femme de cette sorte. Celles qu'il avait rencontrées jusque-là avaient plutôt tendance à profiter de sa fortune. Il a vécu avec moi une aventure exotique, mais finalement douloureuse, malheureusement.

Je le regrette beaucoup.

J'ai trouvé en cet homme de vingt-cinq, ou trente ans mon aîné – j'ai toujours ignoré son âge – un protecteur, un père. Avec le temps, j'ai compris combien il représentait la douce force de mon grand-père. Il me protégeait, me rassurait.

Mais l'amour n'est pas tendresse. Souvent, il est possession. Il a fallu que je m'échappe de ses griffes. Indomptable.

*

En Angleterre, je vis une jolie aventure avec William Sylvester, acteur du film rencontré en Afrique.

Lors du tournage dans les studios de Londres, je passe des soirées follement amusantes à son bras. Des gens bien intentionnés soufflent la chose à l'oreille de Darryl. Il souffre, se plaint de mon comportement.

C'est inutile, on ne retient pas un tigre par la queue.

Dans l'espoir de reconquérir l'infidèle, Darryl décide de produire un film tiré d'une histoire magnifique écrite par Marcel Haedrich, *Drame dans un miroir*. Pour moi, le tournage se déroulera à Paris. Je joue aux côtés d'Orson Welles et Bradford Dillman. J'ai beaucoup de chance.

Notre « couple » traverse une période d'accalmie, même si Darryl supporte mal la complicité enfantine qui me lie à Orson Welles.

Cet homme terrible, mais si subtil et intelligent, vient me voir dans ma loge et, pour moi, exécute des tours de magie extraordinaires dont il a le secret.

Il fera plus tard une tournée aux États-Unis avec ce spectacle.

Nos rires agacent Darryl. Je surprends parfois son regard, perdu dans une étrange mélancolie mêlée de tristesse. Ces rares moments me touchent et me ramènent à lui.

Il est, dans ces instants, profondément humain. Fragile. Émouvant.

44

Un tournage dantesque

Le tournage des *Racines du ciel* nous emmène en Afrique. Encore !

Darryl Zanuck achète les droits cinématographiques du livre de Romain Gary, prix Goncourt 1956. Il demande au talentueux cinéaste John Huston, qui a déjà signé *African Queen* avec Katharine Hepburn et Humphrey Bogart, de le réaliser.

J'incarne Minna, une Juive allemande victime du nazisme qui accompagne le héros dans sa guerre contre le massacre des éléphants en Afrique.

Cette fois-ci, je ne pars pas sans mes amis. Marc Doelnitz décroche un petit rôle, Anne-Marie me suit pour le plaisir de l'aventure. Nous faisons une courte escale dans la capitale du Tchad, à Fort-Lamy, puis changeons d'avion, direction le sud-est pour Fort-Archambault. Le coucou rouillé qui nous attend sur le tarmac ne rassure personne mais nous embarquons quand même. Du hublot, un paysage désertique s'étend jusqu'à l'infini.

À notre débarquement sur la piste, une terre battue aride, la température avoisine les 45 degrés. Darryl

Zanuck, en tenue de safari, est visiblement satisfait de nous réceptionner sains et saufs. À bord d'une Jeep de l'armée mise à notre disposition par le gouvernement, nous nous rendons dans un ancien campement militaire : un long bâtiment en béton au toit-terrasse cerné de grandes tentes.

La piste qui nous y conduit traverse un maquis plat dont l'horizon touche le ciel. De cette terre poussiéreuse et terriblement sèche surgit de-ci de-là un arbre sec, assoiffé.

L'équipe du film regroupe plus de deux cent cinquante personnes. Plusieurs dizaines de tonnes de matériel sont arrivées au Tchad et transiteront ensuite au Cameroun et en Centrafrique pour les différentes scènes du film. Les techniciens appellent le camp Zanuck Ville, avec ses allées baptisées Sunset Boulevard, Via Veneto, Champs-Élysées.

Le staff de direction et les acteurs principaux occupent le bâtiment « en dur » : Darryl Zanuck, John Huston, les acteurs Trevor Howard, Errol Flynn, Orson Welles, le dialoguiste Patrick Leigh Fermor et moi-même.

La vie communautaire, dans cet environnement si hostile à l'homme, rassemble son lot de surprises et de difficultés. Il n'est pas inhabituel de rencontrer des insectes dangereux, des scorpions et autres termites, une hyène au détour des poubelles de cuisine, ou un serpent au pied d'une tente. La nuit, les fauves rôdent.

*

Les jours de tournage, je commence à cinq heures du matin par une séance de maquillage et de coiffure. À six heures, le visage protégé des vagues de poussières par un voile, je rejoins l'équipe technique dans la tente du petit déjeuner où il fait déjà très chaud.

John Huston, lorsqu'il n'est pas parti à l'aube chasser le tigre, est attablé avec l'équipe. À ma grande surprise, il est chasseur. Lui qui réalise un film pacifiste sur la sauvegarde de la faune africaine est en réalité un passionné de chasse à l'éléphant… entre autres !

L'entrain des premiers jours s'essouffle sous l'effet de la chaleur et des ralentissements du tournage.

Chacun souffre en silence de l'éloignement et des conditions sanitaires, même si un avion livre plusieurs fois par semaine cinq cents litres d'eau minérale, avec lesquels nous nous douchons, des sodas à profusion ainsi que des bouteilles d'alcool généreusement distribuées.

L'acteur Errol Flynn rajoute de la vodka dans son jus de pamplemousse et Trevor Howard, héros du film, s'hydrate au whisky. Les rapatriements et remplacements de techniciens sont fréquents. La moindre blessure s'infecte et la cicatrisation est parfois difficile.

Les tournages sont éprouvants, la chaleur finit par ralentir chaque plan. Nous rencontrons aussi des problèmes inattendus : les troupeaux d'éléphants ont disparu de la faune alentour. Hettier de Boislambert, personnage haut en couleur, ancien résistant, conseiller technique et animalier du film, part à leur recherche. Marc Doelnitz fait partie de l'expédition. À son retour, il nous raconte, le regard brillant, avec le brio et l'humour qu'on lui connaît, les péripéties d'un chercheur d'éléphants.

Le rhum coule à flots, la soirée se termine en dansant.

*

Malgré les difficultés du tournage et la lourdeur de l'intendance, Darryl Zanuck et John Huston entretiennent des rapports cordiaux. Darryl est terriblement craint ou méprisé des équipes techniques qu'il traite durement.

À l'inverse, le réalisateur, plus flexible et doté d'un humour communicatif, calme les tempêtes.

Un soir, nous sommes tout un groupe d'acteurs et de techniciens à nous rendre dans un proche village. Une fête de danses traditionnelles se prépare. Les femmes, seins nus, magnifiquement parées de colliers en ivoire, les visages maquillés d'un masque blanc, dansent ensemble. Elles sont belles, et le rythme est envoûtant.

Toute l'équipe s'amuse. Et moi la première. Darryl, John, Errol, cigare aux lèvres, se laissent également emporter par la danse.

Quelques jours plus tard, Anne-Marie, Marc et moi entraînons au village Claude Azoulay, le photographe de *Paris Match*, qui vient d'arriver pour réaliser un reportage sur les coulisses du film.

Nous passons des moments formidables à lui montrer les villages, la beauté des cases et la vie des populations indigènes.

Les patrons du café, des Français de souche, m'offrent une ravissante petite mangouste que je baptise Kiki et qui amuse beaucoup John Huston.

De temps en temps, elle échappe à notre surveillance et s'introduit dans les chambres pour grignoter tout ce qu'elle trouve, notamment les précieux cigares de Darryl, bagués de ses initiales, posés sur une étagère. La fureur du producteur est telle que Kiki se réfugie sous mon oreiller. Darryl lui pardonnera le sacrilège lorsqu'il verra la mangouste finissant d'engloutir un serpent au pied de son lit.

*

Darryl n'apprécie pas mes sorties nocturnes. Jalousie et anxiété le rongent. Puis il s'inquiète de ma santé. Je suis de plus en plus fatiguée et cela se voit. La chaleur et les longues heures d'attente sur le plateau me dépriment et me coupent la faim. Je suis amaigrie et j'ai les traits tirés ; des cernes se creusent sous mes yeux. Je souffre d'anémie.

Je me distrais au village, lors d'une soirée festive organisée par Marc Doelnitz, puis j'emprunte un vélo et rentre tranquillement au campement me coucher.

Ce soir-là, Darryl Zanuck se poste devant l'entrée du bâtiment menant à ma chambre. Il m'attend, énervé et malheureux de mon absence. Il est soudain très fâché de voir son actrice sur un vélo, seule dans la nuit. Les reproches fusent et se transforment en scène de ménage.
Après quelques échanges, la révolte me gagne, j'en viens aux mains. Je frappe de toutes mes forces cet homme qui m'étreint de désespoir et tente de me stopper. Je m'évanouis, épuisée. Les liens sont rompus.
Des autochtones m'offrent un ravissant bébé panthère de trois mois. Une peluche vivante que j'enroule

autour de ma taille. Elle dort sous mon lit, et je me promène avec elle dans le campement. Je vis une émotion d'enfant. Je jubile de ce doux et dangereux plaisir. Mais tout le monde y va de sa petite remarque sur le risque de garder cet animal. En réalité chacun a peur, sauf moi.

Un soir, je regagne ma chambre après m'être absentée toute une journée : le fauve a disparu. Envolé, volé !

Quelqu'un l'aura relâché dans la savane. Je suis triste, meurtrie et cela n'arrange pas mes relations avec Darryl ni mon état de santé. J'ai su plus tard que les assureurs avaient mis de l'ordre et interdit la présence du petit fauve.

*

Vers la fin du tournage, l'ensemble de l'équipe est logé dans un hôtel climatisé de Maroua, au Cameroun. La piscine est immédiatement le lieu de ralliement.

Malgré ce nouveau confort, ma santé se détériore brusquement. Je suis prise de fortes fièvres qui m'obligent à garder le lit. Un vilain furoncle me déforme le coin de l'œil. Dans les moments de lucidité, je choisis dans ma penderie une jolie robe, et de belles chaussures à talons aiguilles que j'enfile pour mon plus grand et intime plaisir. J'ouvre ma mallette de maquillage, regarde mes fards et mes pinceaux, tire le tiroir dans lequel est rangée ma boîte de poudre de riz. Je soulève la grosse houppette. S'échappe alors une coquette tarentule. Elle bondit sur le mur. Je ne la quitte pas des yeux et ôte lentement ma chaussure. D'un coup sec, je la tue en la transperçant avec le talon de métal. J'observe ses tressaillements, puis, lorsqu'elle me semble bien sans vie, à l'aide d'une feuille de papier, je la jette dans la cuvette des toilettes. Je me recouche, très faible.

Je raconte l'histoire à Marc Doelnitz, il me croit alors prise d'une fièvre délirante. J'insiste et lui dis de regarder par lui-même. Marc soulève la lunette des toilettes et pousse un cri, effrayé. Cela m'aura au moins offert un fou rire mémorable !

*

Peu de temps après, je serai rapidement rapatriée à Paris et conduite à l'Hôpital Américain de Neuilly. Les journalistes m'attendent à ma descente d'avion, ma petite fille aussi. Seul réconfort.

La presse n'est pas tendre sur notre couple. C'est un Américain, beaucoup plus âgé que moi, magnat du cinéma, un grand producteur, riche et puissant... Ça ne plaît pas.

Ce n'est pas l'image que les Français veulent avoir de moi. Ils se sont construit une image que j'ai détruite... Ils veulent retrouver la fille en pantalon, avec les cheveux qui lui battent les reins, un peu ronde, pas la fille amaigrie, aux bijoux et robes de grands couturiers, qui monte les marches de Cannes avec son producteur. La presse française ne me le pas pardonne pas. Beaucoup de mes copains non plus. C'est l'histoire d'amour la plus impopulaire de ma vie !

J'ai aimé Zanuck... et cela ne regarde que moi, enfin c'est ce que je voulais croire. Je me trompais.

*

Je tourne encore quelques films produits par Zanuck. Tournages en France, en Allemagne, en Angleterre, en Irlande, en Côte d'Ivoire...

En 1960, je le quitte parce que je m'ennuie, comme chaque fois. Il a tout essayé pour me garder : il a mis de l'argent sur la table, et je l'ai fait voler à travers la pièce alors qu'il fallait que je paie mes impôts... Liberté, liberté « ché-rie » !

Il m'a désignée héritière d'une partie de sa fortune. J'ai refusé d'emblée ce testament. Il est toujours intact en ma possession. Je lui ai dit au revoir. Puis il a porté plainte contre moi pour une série d'articles dans *Match*. Il savait qui était responsable de ces propos déplaisants. Et il savait que ce n'était pas moi. Il a voulu me le faire dire, mais je ne sais pas trahir une amitié.

*

J'aurais pu continuer à tourner dans d'énormes productions, mais ce métier n'est pas fait pour moi ou je ne suis pas faite pour lui. Je décide de ne tourner qu'occasionnellement à condition de ne pas me couper de ma véritable passion.

Ce que j'aime, c'est le contact humain... C'est donner, recevoir, recevoir, donner... C'est faire l'amour ! C'est une espèce d'ivresse formidable. C'est grisant. Là, avoir son nom sur une chaise et attendre en fumant des cigarettes toute la journée pour travailler trois minutes, c'est difficile. C'est très difficile. J'ai beaucoup d'admiration pour ces comédiens-là.

Ce que j'aime plus que tout, c'est la présence sur scène. C'est faire mon métier. C'est faire ce pour quoi on est fait. C'est-à-dire vivre.

45

Retour en chanson

Je reprends ma carrière de chanteuse.

Henri Patterson m'accompagne à nouveau sur scène.
Je découvre de nouveaux textes, ceux d'auteurs
extrêmement talentueux : Bernard Dimey, Mac
Orlan, Léo Ferré, Gainsbourg, Béart… J'enregistre un
disque et retrouve mon public à Bobino. Les tournées
s'enchaînent en Europe, au Japon, au Moyen-Orient.

Début 1962, je chante sur le paquebot *France* devant
des célébrités – Michèle Morgan, Joseph Kessel, Marcel Achard – qui inaugurent cette première traversée.
Voyage que j'ai débuté à quai avec, comme d'habitude, un affreux mal de mer mais qui m'a abandonnée
au moment où la tempête s'est levée et que le *France*
a frôlé le naufrage. Je suis contrariante !

Je ne verrai pas *Maléfices* d'Henri Decoin, pro-
jeté dans la grande salle de cinéma du paquebot. J'ai
tourné ce film policier l'année précédente sur l'île de
Noirmoutier. J'incarne une étrange jeune femme propriétaire d'un guépard.
Entre fauves, le courant passe. Je ne résisterai pas

à l'idée de la faire poser à mes côtés sur une pochette de disque. Nous nous sommes bien aimées. C'était une femelle et elle venait dormir avec moi dans ma loge. C'est elle qui m'avait choisie. J'en garde un souvenir très particulier et une vraie fierté.

46

Belphégor

Le succès de Belphégor, en 1965, est une surprise.

Je chante au Japon lorsque le téléfilm est diffusé à raison d'un épisode par semaine. Je l'ignore totalement.

Lorsque je débarque de l'avion, le douanier me dit : « Passez, Belphégor. » Je me dis qu'il a dû se passer quelque chose...

Chaque samedi soir, les Français sont devant leur télévision pour suivre le nouvel épisode de *Belphégor* en début de soirée. Je joue le double rôle des jumelles, Laurence et Stéphanie, et bien sûr celui de Belphégor.

Claude Barma est un grand metteur en scène et directeur d'acteurs. J'ai apprécié ce tournage qui a duré cinq mois, car en parallèle j'ai pu mener ma vie de chanteuse.

Les premiers temps, je chantais à Bobino, puis me rendais au Louvre tourner les scènes de nuit intérieures. J'ai eu beaucoup de plaisir à faire ce film. François Chaumette est un merveilleux personnage, un être humain formidable, que j'adore ; que j'aimerai toujours. Christine Delaroche et Yves Rénier sont aussi de la partie.

Nous tournons dans la bonne humeur. Nous sommes même assez dissipés, Françoise Sagan vient très souvent nous voir. On joue aux cartes et on boit un peu trop jusqu'au petit matin. Ensuite, il faut travailler, mais, contrairement à ce que l'on pourrait croire, la joie de vivre, la folie donne des ailes...

*

Ce téléfilm m'a rendue beaucoup plus populaire que je ne l'étais. Je suis entrée dans tous les foyers.

J'étais Belphégor, personnage de téléfilm qui est devenu un phénomène social, et même une source de polémique. Car Belphégor faisait peur aux enfants.

Ma fille Laurence-Marie, dans la pension suisse où elle vit à l'époque, aura l'autorisation exceptionnelle de regarder le feuilleton. Elle m'avouera avoir fait des cauchemars durant des mois et avoir vu un fantôme derrière la porte-fenêtre de sa chambre. Et me dira en riant qu'elle ne me pardonnera pas de lui avoir fait aussi peur.

*

J'ai eu mille fois plus de plaisir à jouer dans *Belphégor* que dans bien des productions américaines. J'ai choisi de tourner peu et de ne plus m'éloigner de mon véritable métier de chanteuse. Je préfère être sur les routes ou dans les avions, pour aller à la rencontre d'un public assis là, devant moi, avec qui je vais partager deux heures de ma vie, de la leur.

C'est le métier de baladin, de messager de notre culture, de notre langue, le français, que l'on a une fâcheuse tendance à oublier. La partie est délicate, le verdict immédiat.

47

Déshabillez-moi

En 2006, je reprends des chansons dans l'album *Le Temps d'une chanson*.

C'est un hymne aux souvenirs, à mes souvenirs, aux chansons que j'ai aimées et jamais chantées comme *Volare*, une chanson d'amour pour laquelle j'ai une tendresse toute particulière. Que je considère comme une chanson populaire parfaite : écrite avec des mots simples pleins de poésie. Une chanson qui ressemble à l'Italie.

Grâces soient rendues aux poètes qui nous bouleversent et font la vie plus belle. Supportable.

Quand j'ai décidé de faire cet album, avec des titres toujours jusqu'alors chantés par d'autres, c'était comme retrouver les cailloux semés par le Petit Poucet. Certaines chansons ont marqué ma vie. *Over the Rainbow*, c'est la guerre, la liberté retrouvée.

Volare, c'est la découverte de la chanson italienne des années 1950-1960. *La Chanson de Prévert*, c'est Gainsbourg. Il y a dans les paroles déjà plus de distance, plus d'ironie.

Pour ce disque, les chansons sont toutes habillées sur mesure, si je puis dire, texte et musique comme *Les*

Amants d'un jour, créée par Piaf, et *Avec le temps*, de Ferré. Il fallait les faire miennes, sans les trahir, eux. J'espère y être parvenue.

*

Dans le répertoire de mes chansons fétiches, *Déshabillez-moi* est un formidable succès. C'est la première chanson que j'enregistre pour l'album *La Femme*, en 1967. Robert Nyel l'a écrite en 1967 par amour pour une strip-teaseuse. Gaby Verlor en a composé la musique.

Lorsqu'elle est venue me la présenter rue de Verneuil, j'ai été immédiatement conquise. Elle ne comporte pas la moindre once de vulgarité, tout est dans la suggestion.

Déshabillez-moi, déshabillez-moi
Oui, mais pas tout de suite, pas trop vite
Sachez me convoiter, me désirer, me captiver
Déshabillez-moi, déshabillez-moi
Mais ne soyez pas comme tous les hommes, trop
pressés.

Et à la fin, j'ai rajouté : *Et vous, déshabillez-vous !*
Mais cette chanson sera censurée pendant plusieurs mois.

Dans les années 1960, passer Gréco à la radio n'était pas interdit, mais franchement déconseillé… Je ne renoncerai jamais à chanter ce qui me plaît, ce que j'aime, ce que je crois utile aussi.

Je suis libre d'interpréter les textes de mon choix si les auteurs sont d'accord.

S'ils ne viennent pas à moi, il m'arrive d'aller vers eux, c'est le désir de la rencontre, du contact humain. J'ai eu la joie, accompagnée de Françoise Sagan, d'aller voir l'écrivain Mac Orlan chez lui, à la campagne, dans sa maison de Saint-Cyr-sur-Morin. Inoubliable rencontre. J'avais choisi dans son œuvre fertile onze chansons et il désirait me voir. L'auteur de *Quai des brumes* est un grand conteur d'aventures imaginaires.

Voyageur immobile, sous son béret à pompons, il invente des mondes exotiques et des récits extraordinaires. Bousculés par son singe farceur, assourdis par son perroquet Dagobert gourmand de chocolat, les rendez-vous sont animés.

Ce disque intitulé *Gréco chante Mac Orlan* sort en 1964 dans la collection « Rencontres ». Il remporte le Grand Prix de l'Académie du disque, et Philips, qui a mis tant de temps à accepter ce projet si peu commercial, décide de sortir en parallèle un 45-tours.

Autre privilège, un texte extraordinaire : *Le Bestiaire de Paris*. Je connais déjà son auteur, Bernard Dimey, poète. Il a écrit des succès comme *Syracuse*, musique d'Henri Salvador, *Mon truc en plume* pour Zizi Jeanmaire, *Le Quartier des halles* pour les Frères Jacques, et bien d'autres…

Nous sommes en 1962, je chante entre autres *Les Petits Cartons* et *J'ai le cœur aussi grand*. Bernard Dimey me propose d'interpréter un de ses textes sur une musique de Francis Lai, *Le Bestiaire de Paris*, avec Pierre Brasseur. Époustouflant acteur, comédien rare.

Le texte est beau, très beau.

Les nuits blanches à Paris ont des couleurs atroces
Ou de zinc ou de sang ou la couleur des yeux
Les yeux jamais fermés des forçats de la noce
Qui bâfrent au hasard le Diable ou le Bon Dieu.

Le disque ne verra le jour que bien des années plus tard, sauvé des oubliettes de Philips par Michel Célie, qui crée son label et se souvient de cet enregistrement, puisque, à l'époque, il travaillait chez Philips.

*

Mon succès, je le dois aussi à tous ceux qui ont aimé mes interprétations. Jacques Canetti, personnalité importante du monde de la musique, m'a découverte à La Rose Rouge au moment où il s'associait au Hollandais M. Philips avec Meyerstein-Maigret. Il développait le projet d'une maison de disques pour la publicité de ses ampoules électriques et de son électroménager. Chaque pochette de disque porte sa marque. C'est un immense succès.

La première étiquette de disque Philips, un 78-tours, portera le nom de Georges Brassens et le mien ! Jacques Canetti s'est lancé dans l'aventure en me proposant d'enregistrer un 78-tours. Je ne me sens pas prête et crois qu'il plaisante. Ce sont les Frères Jacques qui vont me persuader de le faire. J'ai une admiration sans bornes pour leur travail. Leur interprétation des *Exercices de style* de Raymond Queneau est un enchantement absolu. Des hommes qui ont si bon goût, je ne peux que leur faire confiance et les écouter.

Le premier disque Philips sortira en 1950. Il y en aura d'autres, un certain nombre... je ne les compte plus. Ce dont je suis sûre, c'est que j'aurai la chance de travailler avec les meilleurs des arrangeurs – orchestrateurs géniaux : André Grassi, les merveilleux Michel Legrand, Alain Goraguer, André Popp, Christian Chevalier, Claude Bolling, Michel Colombier et bien sûr François Rauber. Révérence, respect !

48

À travers le monde

J'ai d'autant plus voyagé que, dans les années 1980, en France, j'ai traversé une dure période.

Je n'étais plus à la mode, et pas encore un monument du patrimoine, comme dit une de mes amies en riant.

À l'étranger, je remplissais les salles.

À la Philharmonie de Berlin, je recevais un tonnerre d'applaudissements durant vingt minutes.

Au Japon, le public était chaque année fidèle au rendez-vous. Plus de cent trente fois, je suis montée sur une scène japonaise. En 2011, après le terrible tremblement de terre et ses conséquences dramatiques, je suis allée chanter sur leur sol, car j'aime les habitants de ces petites îles, toutes ensemble plus soudées qu'un continent. J'aime leur culture, leurs codes mystérieux.

Au Canada, aux États-Unis, en Argentine, au Brésil, au Mexique, en Europe, j'avais beaucoup de succès. C'est seulement en France que ce furent des années un peu rudes.

Le public n'était pas au rendez-vous. Les salles n'étaient plus combles comme d'habitude. Nous ne les remplissions parfois qu'à moitié. C'est une étrange sensation.

Mais je ne tombais pas dans le découragement, l'envie de baisser les bras. Je chantais pour ceux qui étaient là. Qu'il y ait deux mille ou cinquante personnes, je chante. J'étais triste, mais je n'ai jamais abandonné, j'ai continué en espérant retrouver un jour les grandes rencontres.

*

À ma grande surprise, c'est un public jeune qui est venu vers moi dès le début des années 1990 et qui, à nouveau, m'a écouté et, ô joie formidable, m'a entendue.

L'Olympia de 1991 s'est rempli d'un nouveau public qui est devenu fidèle. J'ai commencé à me rendre compte de ça, petit à petit, quand les gens venaient dans ma loge. Je ne voyais personne de mon âge, personne. Je ne voyais que des visages adolescents. C'était magique.

Ça m'a donné un bonheur très différent. Tout à coup, ils m'ont rendu ma jeunesse et je leur disais : « Je suis vieille » et ils répondaient : « Ah oui ? Et alors ? » Le plaisir de chanter pour les nouvelles générations est un cadeau. Sans prix.

*

Au Théâtre des Champs-Élysées, en 2009, je me sentais passer un examen, tout comme au théâtre du Châtelet deux ans auparavant.

Cette année-là, je venais d'avoir quatre-vingts ans et je montais sur scène après presque une année d'interruption. C'était la première fois que, contrainte et forcée par la maladie, je m'arrêtais durant une période aussi longue. Je sortais d'un long tunnel.

C'était une sorte de renaissance, et il fallait que je me prouve à moi-même que j'étais bien sortie de ce tunnel, que je pouvais revivre. Rester aussi longtemps sans chanter était vraiment trop pénible. Insupportable. Mais je sentais bien que les médecins étaient sceptiques. Ils auraient voulu me conseiller de renoncer, de différer encore ce tour de chant, mais ils sentaient bien que je n'obéirais pas.

Je l'ai fait, et ils sont venus me voir. L'un d'eux m'a dit que j'étais une extraterrestre, qu'il faudrait que j'aille dans les services de cancérologie pour montrer aux malades qu'on peut avoir été opérée en avril, avoir subi une chimiothérapie et être sur scène au début du mois de février suivant, à quatre-vingts ans.

Du plus profond de mon âme, il était essentiel que je reprenne le pouvoir sur mon corps. J'ai eu cette chance. Jusqu'à aujourd'hui...

La scène

49

Une passeuse

Je choisis les mots, je choisis ce que je veux dire.

La musique les portera. Mais je choisis la façon d'offrir ces mots, en chanson. Il n'y a rien de plus beau que des mots portés par la musique.

Le texte que je chante a pour moi du sens, une raison d'être que je respecte. Pour l'aimer, je dois le comprendre, chercher ce que le parolier a voulu dire et ce qu'il a peut-être caché derrière chaque vers, chaque phrase.

La première fois que j'entends une chanson, je m'imagine la chanter, je visualise son interprétation et je ressens chaque mot. J'essaie d'être, comme le dit Miossec, une « passeuse » de mots.

Si je sens que je suis capable de servir ce texte, je l'adopte, mais si je ne ressens pas l'envie immédiate, l'émotion, je ne m'entête pas. C'est sans doute que ce texte ne m'appartient pas.

En fait, j'ai un rapport très étrange à l'interprétation d'une chanson. En essayant d'être au plus près des désirs de l'auteur, de son texte, je me l'approprie, je le mange, je le digère.

Je le fais mien.

50

Servante passionnée

J'ai la chance d'avoir été aimée, appréciée pour ce que j'ai apporté à travers mes choix et mes interprétations.

Mon public est toujours là, il évolue et moi avec lui. Nous avons une relation singulière. Je n'ai choisi d'interpréter que les textes que je croyais être les plus beaux, pour mon public et pour moi, quitte à faire des choses périlleuses et difficiles.

Je n'ai d'ailleurs jamais considéré que mon métier était facile et qu'il suffisait de parler de soi. Je n'ai jamais parlé de moi. Je ne suis pas là pour raconter mes histoires. Je suis là pour raconter des histoires. Je ne suis pas là pour me servir, moi. Je suis là pour servir mes auteurs, mes compositeurs.

Je suis en quelque sorte une servante honnête, passionnée et efficace. C'est ce qui me fait vivre, nourrit ma pensée et ma vitalité. Le déclencheur est de partager des choses magnifiques. Je peux faire rire ou pleurer, je transmets tout simplement des émotions. Nous partageons une certaine intimité mais la pudeur est là. Je suis affreusement pudique.

Certes, ceux qui viennent à mes récitals ou écoutent mes disques m'associent à leur univers intime.

Je les accompagne quand ils sont tristes, ou joyeux, ou amoureux, ils mettent un disque, je suis là chez eux, avec eux. Dans leur intimité. Ils ont de ce fait un certain sentiment de possession, et c'est vrai pour tous ceux qui font ce métier. Je n'ai jamais refusé de les recevoir après le spectacle, de leur parler, de signer des autographes. Je vois des gens tendres, des gens aimants, des gens délicats.

Quelquefois aussi des gens plus marginaux, qui deviennent trop familiers, qui me parlent de moi dans leur vie, d'une manière qui suscite une sorte de malaise. Quelque chose d'un peu pervers… J'ai parfois reçu la clé d'un appartement… des demandes de dessous déjà portés, des petites culottes. Eh oui…

Mais tout cela est assez rare, généralement il y a de part et d'autre reconnaissance et respect, même s'il est toujours curieux d'avoir devant soi une personne dont on ne connaît ni le nom, ni l'âge, ni l'histoire et qui vous parle comme à une amie proche. La situation est embarrassante, je ne veux être ni blessure ni complaisance.

Par le disque ou la scène, le chanteur s'offre, la scène est une vitrine, un plateau. Il ne faut pas oublier que c'est un plateau.

Certains artistes, d'ailleurs, disent le plateau et non la scène. Moi je dis toujours la scène, ce n'est pas du tout la même chose. Je n'aime pas cette idée d'être servie sur un plateau, comme un verre, un poulet ou une salade de tomates.

*

Quand le public redevient des individus, une relation différente s'installe. J'en suis toujours étonnée, troublée, rarement fâchée. Je me demande toujours : que suis-je donc pour lui, ou pour elle ? Je n'ai pas la réponse.

C'est toute l'ambiguïté de ce métier que j'aime tant. Pour moi, ils sont « le public », et ensuite, quand ils viennent dans ma loge, des individus inconnus, que je vois la plupart du temps avec plaisir, mais qui demeurent des inconnus. Et eux viennent voir quelqu'un qui, d'une certaine manière, partage leur vie. Il faut faire attention à eux, ne pas être brutal, impatient ou négligent. J'essaie de ne pas l'être.

*

En Allemagne, depuis des années, une jeune femme, très belle, vient à tous les concerts. Elle est toujours au premier rang. Ensuite, elle m'offre une rose blanche. Mais il ne me viendrait pas à l'esprit de lui demander ce qu'elle fait dans la vie. J'aurais peur que tout bascule dans quelque chose d'incontrôlable.

De faire partie de la vie de quelqu'un de manière si intime suffit déjà. C'est paradoxal. Mais il ne faut jamais perdre de vue que nous faisons tout pour cela. Il faut en payer le prix. Jamais, après le spectacle, je ne partirai en catimini par la porte de derrière. Je sais que certains le font ; moi, je ne pourrais pas. Ne pas recevoir les gens, c'est un manque de reconnaissance, un manque de courtoisie, un manque de tendresse humaine.

Un manque de conscience, aussi, de cette relation singulière que ces gens, venant nous voir, entretiennent avec nous. Il faut savoir dire merci.

Je dois dire que je les reçois aussi par curiosité. Je suis curieuse des gens, de leur âge, de leur visage.

Quand je suis dans un bistrot, je regarde, j'essaie d'écouter, d'imaginer le destin de tel ou tel, de voir si les couples s'ennuient ensemble, ce qui arrive. Quand des inconnus qui sont venus m'écouter entrent dans ma loge, c'est un peu pareil. Qui sont-ils ? Pourquoi sont-ils là ? Pourquoi sont-ils venus m'écouter ?

Si on ne veut pas les rencontrer, pourquoi aller chanter devant eux ?

Aujourd'hui, je pourrais me contenter de rester sur mon image d'icône de Saint-Germain-des-Prés, d'aligner dans mes tours de chant *Si tu t'imagines*, *Déshabillez-moi*, *La Javanaise*, *Les Feuilles mortes*… et ça irait tout seul. Mais ce serait pour moi la mort, l'embaumement. Je veux rester dans la vie.

Je suis interprète, je veux continuer à découvrir, à choisir des chansons nouvelles selon mon goût. Je chante ce que je suis. Et les jeunes poètes m'apportent des textes, les écrivent en pensant à ce que je suis, à ce que je représente pour eux. Ils comprennent la force qui me guide, mes combats. Mes choix…

*

Pour chaque récital, le choix et l'ordre du répertoire ne sont pas choses simples. Certaines chansons s'imposent à moi. Elles sont là depuis les débuts.

Depuis le premier jour où j'ai interprété *J'arrive*, je la chante sur scène, tout comme *La Chanson des vieux amants*. Pendant longtemps, j'ai chanté *Les Feuilles mortes*.

Maintenant je l'ai remplacée par *La Chanson de Prévert*. *La Javanaise* est une chanson dont je ne me sépare pas.

Le public apprécie les élans, les tentatives, les prises de risques, j'ai toujours osé. Je lui dois tout, à lui et aux musiciens qui m'ont soutenue. Accordéonistes, pianistes… Freddy Balta, Marcel Azzola, tant d'autres aujourd'hui, sans oublier mon complice Henri Patterson et, bien sûr, depuis plus de quarante ans, le merveilleux Gérard Jouannest. À mes débuts, à la basse, Pierre Nicolas m'a souvent fait l'honneur de « tromper » un peu Brassens avec moi. Avec eux, j'ai fait le tour du monde.

Puis, en 2007, j'ai décidé de ne plus avoir d'orchestre. Seulement un piano et un accordéon. Alors, pour ma plus grande joie, Jean-Louis Martinier nous a rejoints à l'accordéon. C'est un musicien d'exception qui joue beaucoup de jazz et de classique, et il forme avec le piano de Gérard Jouannest un duo assez extraordinaire.

J'adore être en partance, prendre un avion. Ma valise est toujours prête. Je n'ai pas de véritable maison. Chez moi, et pour quelques heures seulement, c'est un théâtre, une salle de concert n'importe où dans le monde. Ma chambre, c'est la scène. Mon pays. Mes racines sont en France, sur les scènes parisiennes, et j'y retourne toujours. Mais mon goût pour les voyages, les rencontres et les échanges est bien trop fort pour me clouer à la maison.

J'aime le mouvement, la légèreté de l'être.

51

Le rituel

Le rendez-vous d'amour qu'est pour moi un concert ne commence pas quand j'arrive au théâtre, mais bien avant, plusieurs jours avant le récital.

Avant même de faire ma valise, j'essaie de me concentrer sur des choses futiles. De nouveaux pinceaux, de nouveaux faux cils. Peut-être un fond de teint différent. Bref, je tente de faire diversion. Je choisis des crèmes, j'en mets dans de petits pots, faciles à transporter. Je compose ma trousse à maquillage. Avec méticulosité.

Ces rituels calment un peu mes angoisses. C'est comme un jeu. En quelque sorte, j'approche la scène par des chemins détournés.

Progressivement, je ne pense plus qu'à ma future rencontre avec le public.

Le jour du récital, je roule ma robe noire sur elle-même et la glisse dans son sac de voyage. Encore un geste rituel. Je la libère dans ma loge quelques heures avant de monter sur scène. J'aime être là trois heures avant le récital, au minimum trois heures, pour découvrir les lieux, marcher sur la scène de long en large, essayer de la faire mienne, me prêter aux vérifications techniques : caler le son, la lumière, vérifier si les retours sont corrects. Je m'assure que l'ingénieur du son est satisfait. Je chante des refrains, des couplets de chansons : un murmuré, un violent.

Je répète le minimum utile avant la représentation. Certains pensent que c'est trop peu mais, en réalité, je suis quelqu'un qui répète tout le temps, du soir au matin. Je m'assieds quelque part, l'air absent, et je chante sans ouvrir la bouche, comme je respire.

C'est ainsi depuis mes débuts. Et ce sera toujours ainsi.

*

Dans ma loge, autre rituel. Toujours précis. Je déplie mes affaires et je range mes petites boîtes dans un ordre immuable ; je les dispose sur un très grand mouchoir que j'achète au Japon depuis très longtemps. Les motifs japonisants sont calmants.

Et puis, il y a les ours en peluche. Cette compagnie me suit régulièrement. Je ne les emmène pas tous, je ne peux pas transporter toute ma cargaison d'ours.

En Allemagne, je chantais à Dresde, après la guerre. La ville était un champ de désolation. Seule la bibliothèque était restée debout, et j'y chantais. À la fin d'un concert, une jeune fille m'attendait devant la porte de ma loge. Elle m'a tendu un tout petit ours et m'a dit : « Tenez, je n'ai rien d'autre que ça. Je vous le donne. »

J'étais complètement bouleversée. Les larmes aux yeux, j'ai réussi à articuler un merci maladroit. C'était ce qu'elle avait de plus cher.

Depuis, cet ours voyage de gala en gala autour du

monde. Nous avons de secrètes conversations. Ainsi qu'avec celui que m'a confectionné ma fille et un autre tout petit venu de New York. Ils savent tout ce que les autres ne sauront jamais.

*

La loge est un lieu de concentration, de rassemblement de mes forces. Le temps de préparation est précieux. En me maquillant et en enfilant ma robe noire, je construis progressivement ma chrysalide, une sorte de protection avant de renaître, sur scène. Un peu comme un papillon ! À moi maintenant de me faire des ailes. Mes faux cils sont très importants. Ils masquent le regard un peu traqué.

À ce moment-là, je ne suis qu'une toute petite chose cachée derrière mes faux cils et ma robe longue. Je ne donne à voir que mes mains et mon visage, trois taches blanches qui vont brutalement prendre vie.

La robe noire n'a pas beaucoup changé depuis les premiers récitals.

En 1950, juste après mes tout débuts au Bœuf sur le Toit, le patron de La Rose Rouge, Nico Papatakis, me propose de passer une audition. J'accepte. Les Frères Jacques se produisent déjà depuis quelques mois, ainsi que le mime Marceau, Rosy Varte, Yves Robert…

Ce cabaret du quartier de Saint-Germain est devenu très à la mode. On est assis sur des tabourets sans coussin, les fesses au carré. L'ambiance est très chaleureuse et enfumée. Nico apprécie mon essai et je suis heureuse à l'idée de chanter dans ce lieu, mais je n'ai pas assez d'argent pour m'offrir une robe de scène et mes pantalons noirs et mon chandail commencent à rendre grâce.

Nico m'emmène chez Pierre Balmain et me fait essayer toutes les robes en solde de la collection. Aucune ne me plaît : trop de couleurs, de motifs, de frous-frous. La vendeuse, impassible, s'échappe alors quelques instants, et revient avec une robe fourreau noire ornée d'une traîne en satin doré. Gênée par tant de difficultés, et avec l'envie d'en finir, je regarde Nico et lui dis : « Celle-ci va très bien ! » J'ai ma petite idée sur le sort de l'objet. Je l'enfile rapidement, sort de la cabine d'essayage et me tourne vers lui. Il me sourit, soulagé. Sans sourciller, il paie le prix fort cette robe pourtant en solde.

De retour dans ma chambre, j'attrape une paire de ciseaux à ongles et, sûre de moi, découds la traîne dorée. Débarrassée de son précieux appendice, cette longue robe noire moulante, qui couvrait les bras jusqu'aux mains, me plut alors énormément. Elle ne laisse apparent que mon visage, sous mes longs cheveux noirs, et mes mains. Je viens de trouver mon habit de travail, ma parure de scène. Ce sera pour toujours mon « noir de travail ».

Lorsque Nico me voit monter sur scène, son regard cherche la traîne de ma robe. Il lève les yeux au ciel et, de dépit, garde le silence.

Aujourd'hui, Mine Vergès fait toutes mes robes. Nous sommes d'accord sur la sobriété. Il n'y a donc rien à découdre…

Entrée sur scène

« Plus qu'une demi-heure, Juliette ! »

Le compte à rebours a commencé, et j'ai franchement peur. Je relis mes textes pour la cent millième
fois. Je deviens glacée d'angoisse. Puis Alain Michel,
le régisseur, frappe à ma porte et me dit : « Si vous
le voulez bien, Juliette... dans cinq minutes. » Et je
réponds : « Si je veux... si je veux... »
Cette boutade me détend. Je me réfugie aussi dans
des choses très enfantines comme « On ne commen-
cera pas sans moi... » C'est une façon de contenir le
trac qui m'envahit.

Je sors enfin de la loge et me dirige vers les coulisses. Derrière le rideau, j'écoute le public, puis les
musiciens qui commencent à jouer. Je me dirige, très
droite, vers le micro.
Lorsque j'entre en scène, je suis nue. Disons que
je n'ai même plus de peau, je suis comme un écor-
ché en exposition ! Je perds tous mes moyens. L'émotion m'envahit. « Comment vais-je faire ? » me dis-je.
C'est à chaque fois la même chose, une plongée

abyssale. Je suis totalement vulnérable, à l'encontre de l'image que le public se fait de moi. Je n'ai jamais su me construire un mental infaillible, prêt à se jeter dans l'arène. Ma voix n'est pas mon rempart, ma protection.

J'ai toujours douté, c'est le moteur de ma vie. Celle qui entre sur scène d'un air assuré, marche lentement, droite, la tête haute parce que l'inquiétude la paralyse.

J'ai construit ma carrière, chanson après chanson, sur mes possibilités d'interprète et sur une voix non travaillée. Je n'ai fait qu'apprendre à contrôler ma voix au cours de mes années de travail. Les mots me nourrissent et la musique est son somptueux véhicule.

Je sais qu'à mes débuts j'ai donné du fil à retordre à mes musiciens. Jean Wiener disait de moi que j'étais un cheval échappé. Les mots m'emballaient et je ne suivais pas la mesure. Il m'a appris à respecter les règles. J'ai appris à faire se rencontrer la musique et les paroles, à ma manière, d'abord maladroite mais efficace. J'ai travaillé seule. Beaucoup. Ça a donné ce que je suis devenue. Une femme qui chante des chansons et qui est toujours à la recherche du mieux, du plus beau possible.

53

Vivants

Depuis toujours, j'essaie de m'exprimer à l'aide de mon corps, de donner de la chair, une forme aux mots. Je les accompagne de mes doigts, de mes mains, de mes bras. Dessiner des idées dans l'air. Pas facile !

Un jour, le mime Marceau est venu assister à un spectacle. Nous nous étions retrouvés par hasard en Argentine. Il m'a dit : « Fais-moi voir tes mains. Comment fais-tu ? » Et je lui ai expliqué.

Quand j'étais enfant, je me demandais comment une rose pouvait passer dans cette tige si fine et éclore. C'est ce que je cherche sans doute à réaliser.

Lorsque j'ai commencé dans le mythique cabaret de la rive droite Au Bœuf sur le Toit, en 1949, la peur au ventre, je laissais mes mains croisées derrière mon dos et puis, au fil des récitals, elles ont poussé, se sont déployées, en douceur, comme des ailes.

Elles ont très doucement pris confiance ; je me souviens que c'était en chantant à Bobino. J'ai ressenti si intensément les mots dans mon corps que je me suis mise en mouvement. J'ai dessiné les mots dans l'air.

Encore et encore, j'essaie pour les rendre plus compréhensibles. Vivants.

Mon combat

À chaque concert, face au public, je défends l'idée
que je me fais de mon rôle d'interprète.

Je suis fidèle à mes choix, à mes auteurs, à mes opinions. Je défends des textes que je considère comme
importants et je m'attache à leur faire honneur, tout
simplement. Je n'ai aucune coquetterie, pas à ce niveau-
là… Aucune vanité.
J'ai pour les gens une ferveur totale, absolue, dévastatrice parfois. Je n'ai jamais rien fait pour plaire – ou
peut-être tout ! Qui sait ? – et j'ai plu à certains, à
ceux qui m'aiment. Parce que j'essaye de leur donner
ce que je crois être beau, le plus pur, le plus noble.
C'est une satisfaction, une joie qui me fait avancer.

Je suis interprète et j'en suis fière. Je suis au service du texte et de la mélodie. C'est d'abord les mots
qui entrent dans mon corps par l'oreille. Je brûle ce
qui est inutile. Je fais mienne la force de l'autre et je
lui offre la mienne.
Au fil des années, je me suis construite à travers le
choix des textes. Je chante ce que je suis. Je chante

ce que je veux, ce que je désire, mais aussi ce que je hais. Je chante mon combat.

*

Sur scène, je vis des instants à part, qui, curieusement, me restent encore plus fort dans la tête, encore plus fort dans le corps et dans le cœur. Des moments étonnants où le temps s'arrête, comme suspendu. Des instants où le silence est si présent, si lourd, qu'il me porte. Cet instant de silence hors du commun peut arriver pendant que je chante ou tout juste à la fin de la chanson. Je n'ai jamais ressenti ce silence-là ailleurs que dans une salle de spectacle.

Quand tout va bien, je vis une communion intense avec mon public, une rencontre. Nous ne faisons plus qu'un : même rythme, même cœur qui bat.

La vérité du texte s'impose et nous réunit. J'ai gagné ma guerre contre moi.

Alors je ferme les yeux et je me dis que le temps devrait s'arrêter là. C'est une jouissance encore plus intense que les moments d'applaudissements. Et pourtant, les applaudissements sont mes vitamines. S'il n'y a pas d'applaudissements, il n'y a pas de sang qui circule plus vite. Et que je chante trente minutes, une heure ou deux heures, je vis toujours une performance physique et mentale. Je donne tout.

À la fin d'un récital, je suis vidée de toutes mes forces. Je sens comme un petit ruisseau couler le long de ma colonne vertébrale.

Scandaleuse

Les débuts furent très difficiles.

J'avais une réputation scandaleuse. Après bien des années de tentatives plus ou moins positives parfois arrosées des larmes de la défaite, aujourd'hui, quand le rideau se lève, je sens une vague de chaleur qui m'encourage, un souffle de tendresse, d'amitié.

C'est une sensation très étrange, c'est comme la mer, comme une vague qui va vous recouvrir. Là, j'ai le sentiment de perdre tous mes moyens, je me demande comment je vais parvenir à ouvrir la bouche, tant l'émotion m'envahit. Mais il faut y aller.

Alors on commence à tout donner, mal, parce que les larmes sont là et encombrent la gorge. La première chanson est parfois sacrifiée du point de vue de l'interprétation, ou au contraire réussie. On ne sait pas vraiment. En tout cas, elle a été chantée. Je ne sais pas si c'était bien ou mal. J'ai fait ce que je pouvais.

Je ne suis jamais satisfaite parce que je ne sais pas ce que c'est que d'être contente de soi.

Et c'est souvent quand on a l'impression d'avoir été

mauvaise que le public se dit le plus heureux. Je suis toujours émue quand on vient me dire : « Vous nous avez fait pleurer. »

*

Chaque concert est différent, et c'est pour moi chaque fois une nouvelle expérience. Je ne suis jamais vraiment la même, car je ne prépare pas mon récital à la mesure près. Je m'abandonne totalement et je ne cherche pas à maîtriser mes émotions. Je ne fais pas un show comme le préparaient admirablement Yves Montand ou Maurice Chevalier.

Je vis la scène au jour le jour sans la concevoir comme un travail qui se répète.

Où est la vie ? La vie, les jours, les nuits, ce n'est jamais deux fois exactement pareil. S'il n'y a pas la fêlure humaine, est-ce vraiment intéressant ?

J'ai bien conscience de prendre des risques. En somme, je laisse leur place aux événements qui secouent le monde et ma vie, qui changent parfois le sens des mots et leur valeur !

Cela m'a d'ailleurs valu quelques moments de panique, de grande solitude. Il est difficile de rattraper une erreur de texte, un trou de mémoire en choisissant de recommencer. C'est terriblement angoissant d'avoir un trou de mémoire, soudain.

Cela m'est arrivé un soir à l'Olympia dans *J'arrive* de Brel. Je me suis arrêtée net. Et j'ai dit : « On recommence. »

En général, cela ne marche pas, car le moment est ainsi fait. On a le même trou de mémoire, au même moment. Je sentais que les musiciens étaient perplexes et la salle effrayée à l'idée que je me trompe de nouveau. J'ai refait, je ne me suis pas trompée, le public a applaudi. Généreux. Presque toute la salle s'est levée, pour saluer ce que je venais de faire, de refaire, alors que j'aurais pu, voire dû, renoncer...

Avant de comprendre qu'ils m'encourageaient, j'ai pensé qu'ils étaient en train de partir...

Qui plus est, c'était à Paris et à Paris, chez moi, la peur est plus forte qu'ailleurs. Plus forte même qu'à la Philharmonie de Berlin, ou dans d'autres salles d'opéra ou de concerts classiques pourtant furieusement impressionnantes.

Engagée et... libre

56

Le pouvoir des mots

Je me battrai jusqu'à mon dernier jour pour le bonheur, contre la terreur, le terrorisme intellectuel, l'indifférence et la privation du seul trésor qu'il nous faille préserver à tout prix : la liberté. Liberté d'exister comme nous le désirons, de penser, de rire, de donner, d'échanger et d'aimer sans contrainte ce et ceux que nous aimons.

Chanter est mon arme, ma façon de défendre la liberté. Je crois à l'importance des mots, à leur pouvoir.

Choisir un texte, le chanter est un acte d'engagement ; je choisis de me mettre au service des textes, de les interpréter, de les chanter pour les rendre plus accessibles. Les mots s'engagent eux-mêmes, moi je les aide de mon mieux à entrer dans la vraie vie.

Un jour, à Paris, j'ai entendu *Si tu t'imagines* sifflée par un ouvrier qui travaillait sur un échafaudage. J'ai eu les larmes aux yeux. C'était ma plus belle récompense.

La poésie était là, descendue dans la rue. Elle n'était pas l'apanage des riches, des savants, de ceux qui ont fait des études. J'avais réussi à transmettre un peu de poésie et à la rendre proche, ouverte à tous.

Je n'ai jamais eu peur de présenter des idées fortes, des textes révolutionnaires, corrosifs ou provocateurs, sensuels, coquins, érotiques, sexuels même.

Toutes les censures me dérangent. En interprétant ces œuvres, je revendique le droit à la libre expression. La scène est une tribune que l'on m'accorde, et je m'en sers. Je dis merci, mais je m'en sers. Je ne suis pas innocente.

La Complainte de Raymond Queneau est censurée en 1957 pour comporter dix-sept fois le mot « con ». *Qu'on est bien* de Guy Béart (1957) est aussi censuré en 1958 : trop érotique !

Qu'on est bien
Dans les bras
D'une personne du genre qu'on n'a pas
Qu'on est bien dans ces bras-là
Certains jouent quand même
Les atouts de même couleur
Libres à eux, moi, j'aime
Les valets sur les dames, les trèfles sur les cœurs.

Ces paroles sont-elles dangereuses ? Je ne l'ai jamais pensé.

Chandernagor de Guy Béart est à son tour censurée. Le poète ironise en personnalisant l'Empire colonial indien en femme et en remplaçant les noms des parties du corps par le nom des comptoirs Chandernagor, Yanaon, Mahé, Pondichéry.

Elle avait elle avait
Un Chandernagor râblé
Pour moi seul pour moi seul

Elle découvrait ses cachemires
Ses jardins ses beaux quartiers
Enfin son Chandernagor
Pas question
Dans ces conditions
D'abandonner les Comptoirs de l'Inde.

Je n'ai pas souffert de la censure.

J'étais quelque part confortée dans mes idées par cette stupide et abusive sanction. Les œuvres des écrivains et poètes concernés d'une certaine manière, oui. Les droits d'auteur, les passages à la télévision et à la radio supprimés, cela est néfaste mais en même temps il y a une certaine satisfaction à se savoir écoutés et entendus, en quelque sorte puissants, j'imagine.

On ne peut pas combattre la censure, il faut juste en parler pour s'en servir contre elle.

57

De gauche

Je défends une certaine idée du monde.

Des idées dites de gauche. Ces valeurs, je les ai apprises à la maison, quand je suis arrivée chez ma mère, à Paris.

J'ai été élevée dans ce bain-là, ce parfum-là, dans cette nourriture-là. Je n'ai jamais entendu de propos racistes. Les seuls propos que j'ai entendus étaient contre le racisme.

Les rares fois où j'ai vu ma mère et où je l'ai écoutée parler, j'en ai tiré des leçons, des enseignements. J'ai connu le gaullisme de gauche, celui des FFI, le gaullisme d'Aragon profondément ancrés en moi.

Pendant et après la guerre, je n'ai eu des amis que dans le Parti communiste ou dans le SFIO, qui n'était pas important du tout à cette époque-là. Je fréquentais les communistes Pierre Hervé, Pierre Courtade. Je les voyais au Montana.

Il m'est arrivé un jour de me battre dans la rue avec un homme d'extrême droite qui tenait des propos choquants, racistes. Je suis violente lorsque je sens qu'il n'y a plus de possibilité d'argumenter, que les mots ne veulent plus rien dire, qu'ils ne sont pas entendus.

La parole n'est plus une arme quand elle n'est pas comprise. Là, je peux devenir violente, physiquement.

Le dégoût provoque la révolte. Stade ultime de l'insupportable. Si je ressens du dégoût, c'est que je vais très mal. Il vous prend, vous transporte, vous aveugle et vous entraîne vers une zone rouge, le danger. Je l'ai ressenti peu de fois, heureusement.

Malheureusement, très violemment.

La première, à seize ans, sous les coups d'un agent de la Gestapo. Cet homme me donnait envie de vomir. Je l'ai giflé ; la réplique a été terrible.

La seconde, bien différente, m'a poussée dans le refus de vivre, l'oubli de l'autre, l'abandon du combat.

Je dînais chez Régine en compagnie de mon amoureux du moment Alain Louis-Dreyfus, Françoise Sagan, Jacques Chazot et du Tout-Paris et Saint-Germain réunis. La soirée s'était poursuivie dans son club. Je n'entendais que mensonges, ragots, méchancetés sur les uns et les autres. Je suis rentrée à la maison, j'avais la nausée. Anéantie, j'ai absorbé des somnifères, pour oublier, endormir ce soudain dégoût des autres qui me ressemble si peu. Je ne sais pas pourquoi j'ai commis cet acte. La tendance suicidaire ne me ressemble pas.

À quatre heures du matin, Françoise Sagan m'a trouvée gisante dans la salle de bains et a appelé les secours.

Lorsque j'ai ouvert les yeux, un visage ravissant

surmonté d'un chapeau d'infirmière me regardait. Et j'ai dit : « Comme vous êtes jolie. »

Je me réconciliais avec la vie.

*

Je ne me suis pas pardonné facilement ce geste de détresse. J'ai pensé que j'avais manqué de courage et que j'avais été impulsive, trop, comme je le suis, excessive.

Je suis plutôt du genre à lutter contre ce qui peut me conduire au refus, contre les aberrations, les erreurs de jugement.

Je suis celle qui défile dans les rues pour soutenir les homosexuels. Celle qui se fait cracher à la figure par les intolérants, les discriminants. Mais je continue, je persévère. Je suis courageuse, me dit-on.

*

Je suis allée chanter en Allemagne pour tous ceux qui n'ont pas voulu la guerre, le nazisme, qui ont souf-fert, cruellement, et dont on ne parle que très rare-ment. Injustice. Les enfants ne sont pas responsables des actes de leurs parents. Jamais on ne parle de la Résistance allemande.

Lors d'une conférence de presse, j'ai dit ce que je pensais. On ne peut oublier les millions d'hommes tombés sous les balles, ni les camps de concentration, mais il faut avoir confiance en la jeunesse allemande.

Pendant des années, à chaque concert en Allemagne, des jeunes gens me demanderont, et continuent à me demander, si j'éprouve de la haine pour le peuple allemand. Je leur répondrais qu'une plaie est ouverte à jamais, mais que la haine ne sert à rien. Chacun se reconnaît dans ses actes et son honneur.

Fin 1965, je me rends à Berlin-Est. Le public est là, il m'attend. J'enchaîne trois récitals. Les trois à la suite, avec un entracte d'un quart d'heure entre chaque. Le public sort, deux mille cinq cents personnes, et je repars pour deux heures de spectacle. Performance sportive. Jubilation. Don de soi.

Après ce marathon, je n'ai plus de voix. Deux jours après, je chanterai à l'Ouest sans états d'âme.

Je reviendrai souvent en Allemagne pour des tournées de plusieurs semaines, et plusieurs fois à la prestigieuse Philharmonie de Berlin.

Je chanterai dans leur langue une minuscule chanson, *La Fourmi*. Cela les fait rire et nous rapproche dans le bonheur d'être ensemble.

58

L'autre

En mai 1968, les jeunes Français se rebellent contre la société.

J'hébergeais des militants, rue de Verneuil. Michel Piccoli mon mari de l'époque et moi avons souri en voyant ces ténors déposer leurs bagages Hermès. Ces charmants étudiants bourgeois organisaient les affrontements et battaient le pavé.

*

J'ai toujours affirmé mes positions, discrètement mais sûrement.

J'ai soutenu François Mitterrand lors de sa campagne présidentielle contre Valéry Giscard d'Estaing. Je chantais dans les meetings, je faisais patienter le public avant le discours du candidat. J'avais et j'ai toujours une profonde admiration pour François Mitterrand, quoi qu'il en soit. Cela dit, il était toujours en retard, partout où il allait.

*

Au fil de mes voyages, un peu partout aux quatre coins des cinq continents, j'ai appris à observer les habitants et à découvrir la culture du pays. Je suis trop curieuse et avide de nouveautés pour m'en tenir au hall de l'hôtel et aux soirées de bienvenue. Je visite la ville à pied et en taxi, j'en explore les alentours.

Regarder, marcher et parler aux gens, découvrir la vie de la rue, manger les produits locaux… Comprendre les différences et les enjeux entre le monde occidental et l'Afrique, entre les pays verdoyants et les pays secs, entre les pays en paix et ceux en guerre, entre les différentes religions du monde.

Le Japon est un pays dont la culture est d'une subtilité et d'une courtoisie inégalées. Ce sont des penseurs, des philosophes en même temps que de redoutables guerriers, et aussi des hommes d'affaires sans pitié. Paradoxaux. Passionnants. Disciplinés !

C'est si loin de moi, ce mot. Mais je veux comprendre, et je m'y applique depuis près de cinquante ans. J'ai respect et amitié pour eux. Admiration, aussi.

En 1968, lors de mon premier voyage en URSS, j'ai été profondément choquée par la dureté et la pauvreté de ce pays. Le stalinisme et la guerre n'avaient pas fini leurs ravages.

J'ai vu des femmes travailler sur les routes dans un froid glacial, de la neige jusqu'aux genoux. Les hommes étaient morts à la guerre. Les docteurs étaient en grande majorité des doctoresses. La population formait des files d'attente qui, durant des heures, piétinait devant des magasins presque vides pour essayer d'obtenir de quoi survivre. Sombre rappel de nos années noires.

*

Nous ne sommes pas à l'abri de la folie dévastatrice de l'Homme. Pouvoir politique, catastrophe humanitaire, le curseur a tendance à se déplacer dangereusement. Le pire est toujours possible.

59

Je suis comme je suis

Je suis comme je suis
Je suis faite comme ça
Quand j'ai envie de rire
Oui je ris aux éclats
J'aime celui qui m'aime
Est-ce ma faute à moi
Si ce n'est pas le même
Que j'aime à chaque fois
Je suis comme je suis
Je suis faite comme ça
Que voulez-vous de plus
Que voulez-vous de moi

Je suis faite pour plaire
Et n'y puis rien changer
Mes lèvres sont trop rouges
Mes dents trop bien rangées
Mon teint beaucoup trop clair
Mes cheveux trop foncés
Et puis après
Qu'est-ce que ça peut vous faire
Je suis comme je suis
Je plais à qui je plais

Qu'est-ce que ça peut vous faire
Ce qui m'est arrivé
Oui j'ai aimé quelqu'un
Oui quelqu'un m'a aimée
Comme les enfants qui s'aiment
Simplement savent aimer
Aimer aimer...
Pourquoi me questionner
Je suis là pour vous plaire
Et n'y puis rien changer

Jacques Prévert[1]

C'est tout à fait moi ! À quelques détails près...
Trop flatteurs à mon goût.

---

1. Jacques Prévert, « Je suis comme je suis », *Paroles*, Gallimard, 1946. © Éditions Gallimard.

60

Libre

Je suis née libre.

Tout ce que j'ai fait ou qu'au contraire je n'ai pas voulu faire m'a été guidé par mon instinct. Pas d'influences, pas de manipulations. Je n'en veux à personne, pas même à moi. J'ai choisi. Tout. Mes amis, mes amours et le reste.

Comment parler de l'amour, qui est pourtant essentiel. C'est une chose tellement singulière, une rencontre, un regard, un coup de foudre. On comprend rarement les amours des autres.

Quand un homme et une femme s'entendent vraiment, c'est miraculeux, car improbable. Malentendu éternel.

Je n'ai jamais pensé en termes de particularisme sexuel.

J'ai aimé des personnes. Ce sont les personnes qui m'intéressent, hommes ou femmes. Et puis, quand on aime une personne, généralement, un jour on a envie de la toucher. C'est une sorte d'aboutissement heureux.

Parfois aussi, on aime énormément quelqu'un avec qui la relation sexuelle n'est pas très réussie, en tout cas moins qu'avec un autre qui vous laisse vaguement indifférent. Cela rend un peu malheureux. On en parle, on tourne autour, on dit des banalités, parce que c'est très mystérieux et complexe.

Il n'y a pas que les sentiments, il y a des questions de peau, d'odeur, de langage. Encore le pouvoir des mots, la manière de s'en servir !

Et cela, ces choses physiques, ne vont pas nécessairement avec l'amour. Faire l'amour n'est pas toujours à la hauteur du désir et de l'amour qu'on éprouve.

*

L'amour, ce n'est pas seulement le sexe.

C'est celui qu'on éprouve tout enfant. Moi à sept ans, pour mon professeur de dessin. Elle m'aurait demandé de me suspendre à une branche d'arbre, je l'aurais fait.

On rit toujours de ces amours d'enfance, on dit : « J'avais une passion pour un prof », mais cela remue et fonde des choses bien plus profondes qu'on ne le croit.

Ensuite, il y a eu les caresses avec une fille de mon âge, tout le monde, ou presque, connaît ça.

Je ne l'aimais pas, elle m'énervait prodigieusement, mais j'avais sans doute un désir de séduction et de possession, elle était ravissante avec ses grands yeux bleus, on aurait dit une poupée de porcelaine.

Ma première expérience, ce n'est ni un homme ni une femme, ce sera la fouille à corps à mon arrivée à la prison de Fresnes, après mon arrestation par une policière ignoble. Les hommes, ce sera pour plus tard...

61

Le prix de la liberté

Mon adolescence gâchée par l'occupation est l'histoire de beaucoup de jeunes gens. Une jeunesse volée.

La Gréco qui s'est battue pour vivre libre et indépendante, c'est celle que des femmes dans la rue viennent encore embrasser aujourd'hui. « Sans vous, je n'y serai jamais arrivée. »

J'étais un modèle pour celles qui choisissaient le divorce plutôt que l'abdication, l'avortement plutôt que la soumission.

Je n'étais pas en France, lorsque le manifeste des 343 est sorti dans la presse, en 1971. J'aurais aimé que mon nom apparaisse parmi ceux de ces femmes, afin de militer pour un avortement légalisé et médicalisé.

Simone Veil, femme ô combien exceptionnelle, réussira, seule dans une arène d'hommes, dont beaucoup sont peu à l'écoute, à faire entendre cette nécessité. Merci à elle, la superbe, la belle, la femme aussi.

*

Avant cela, comme tant d'autres, j'ai souffert. J'étais trop jeune pour élever un enfant, j'ai voulu me faire avorter. J'ai eu recours à un faiseur d'anges épouvantable.

Il m'a opérée sur une table de salle à manger, les jambes écartées, immobilisée par un cercle de métal, un tampon d'éther enfoncé dans la bouche.

Je me suis réveillée plusieurs jours plus tard, incapable de bouger, allongée dans un bain de sang. Le faiseur d'anges était nerveux, inquiet. J'ai réussi à me lever et à partir. Mon ami, sans nouvelles de moi, arrivait au même moment dans le hall de l'immeuble. Il m'a déposé en taxi près de mon hôtel. Je préférais ne pas rester seule, enfermée. J'ai marché péniblement et gagné la cour d'un hôpital voisin. Je me suis assise sur les marches, ne sachant plus que faire. Mais personne ne s'est arrêté en chemin, pas un regard, pas de soutien. La misère humaine !

Je suis retournée péniblement à l'hôtel. Mon ami, revenu me réconforter, une boîte de pâtisseries à la main, a décidé de m'emmener dans la clinique d'un proche. L'arrivée de la pénicilline en France m'évitera la mort. Le chirurgien a stoppé l'hémorragie et m'a sauvé la vie. Il ne me demandera ni de l'argent ni de me repentir, ce qui eût été le comble à mes yeux. C'était quelqu'un de bien.

*

Il nous faudra apprendre à agir seules. Clandestinement. Au risque d'y perdre la vie. J'avais subtilisé une sonde rénale appartenant à ma mère et que j'avais surnommée « le serpent ». Elle a fait le tour des filles de la famille, provoquant des avortements qui semblaient naturels.

La méthode pouvait nous être fatale, l'acte terrifiant, le danger extrême, comme la douleur physique et morale.

C'était le prix de la liberté.

Dix ans plus tard, je subis un deuxième avortement, nécessaire à ma vie. Le jeune homme est un très riche héritier. La situation est compliquée. Je ne pouvais concevoir d'avoir un second enfant.

Si, plus tard, ma fille Laurence-Marie avait réclamé une sœur, un frère, j'aurais, je pense, comblé son désir. Mais jamais elle n'évoqua le sujet.

Adulte, elle me confia qu'elle ne l'aurait pas accepté. « Je l'aurais jeté par la fenêtre ! » me dit-elle en riant.

Laurence-Marie était un très beau bébé. Je caressais ses toutes petites mains, je les admirais. Mais j'ai bien failli mourir en mettant au monde cette petite merveille, l'hiver 1954.

62

Libre, toujours

J'ai choisi d'aimer qui je veux quand je veux.

Ma mère aimait la compagnie des femmes comme celle des hommes, cela ne me dérangeait ni ne me concernait. Je voyais simplement une mère qui n'aimait pas sa fille.

Puis j'ai traversé la guerre, avancé seule dans la vie sans me soucier des conventions et des règles de bonne conduite. Je ne sais pas ce que ça veut dire.

J'ai reçu une éducation catholique et appris les valeurs du partage, le respect de l'autre, les règles de politesse et de bienséance.

Ensuite, je me suis débrouillée seule. Je me suis battue pour faire triompher mes idées, et j'ai réussi parfois.

Après la guerre, j'ai représenté l'image d'une jeunesse qui avait sa moralité propre. Ses lois. Ses tabous.

Je me suis battue pour que règne l'égalité entre les hommes et les femmes, pour l'indépendance de la femme. Celle qui obtient le droit de vote cent ans après les hommes. Celle dont la voix est enfin entendue.

Je continue, car ce n'est pas encore gagné, et je sens comme une lassitude envahir sournoisement certaines d'entre nous.

63

La mort en face

Tant que je le pourrai, je chanterai.

L'idée de la mort ne m'angoisse pas, la mort des autres m'angoisse à mourir.

Je suis née avec une conscience aiguë de la mort. Je sais que je vais mourir depuis que je suis petite. J'ai commencé à mourir dès que je suis sortie du col de fourrure du noir Jésus ma mère, comme le dit Ferré.

Quant à la vieillesse, il ne sert à rien de la fuir. C'est absurde. De toute façon, la couleur de la peau change, les cheveux aussi. La peau se couvre de taches…

Je suis en train de rattraper mon grand-père. Grand-père, on va se revoir. Bientôt.

*

C'est ma petite-fille qui a décidé que j'étais sa grand-mère. C'est elle qui m'appelle. C'est ma petite-fille qui me pose des questions, et j'en suis extrêmement heureuse. Elle me fait confiance.

Moi, je n'avais pas confiance en moi dans ce rôle-là. Je trouve que c'est important et délicat. Mais elle a su me questionner, me faire parler. Elle réclame des explications, elle veut comprendre. Elle me dit des choses importantes pour elle, c'est un grand bonheur pour moi. Je l'aime beaucoup. Énormément.

C'est une personne extrêmement généreuse. Elle a une bonté, cette enfant, incroyable. C'est très rare, la bonté, très rare. Elle est jolie et elle aime les autres. C'est très, très bien.

*

Ma force vient de mon envie de jouer, comme une enfant. Au présent.

La petite Juliette découvre puis refuse l'injustice.

Je revendique la liberté de chacun, son droit à l'expression et aux libres mouvements. Je n'ai jamais failli à ce combat. J'ai toujours dit que j'étais une femme debout, je l'ai écrit.

Je suis une femme debout, même couchée. C'est mon droit.

J'ai un immense respect pour cette lignée familiale de femmes dignes et solides, pour ma sœur et ma mère qui se sont battues et ont souffert. Je veux transmettre cette énergie, ma force, à toutes les femmes car je sens qu'aujourd'hui le combat se relâche, qu'elles baissent les bras, noyées dans une société qui ne marche pas mais court, s'asphyxie. Pour tous les jeunes, pour ceux que j'aime, je chante la poésie et soutiens les poètes, porte-parole de notre monde. Ils sont ma famille choisie.

J'ai beaucoup de chance d'avoir vécu cette vie qui est la mienne, même avec ses douleurs profondes. Merci de me l'avoir prêtée.

L'amour trompe-la-mort.

Aimer

64

Amours toujours

J'ai aimé passionnément. Intensément. Du plus beau des amours, le premier, celui de mes vingt ans.

Il était beau, des yeux verts, un visage fin et de longues et belles mains puissantes. Il avait deux fois mon âge, était marié, mais cela ne me gênait pas.

Je l'aimais, j'étais jeune et j'avais la vie devant moi. Je ne lui ai jamais parlé du fruit de notre amour passionné que j'ai porté deux mois dans mon ventre.

Je chantais la dernière partie de mon récital, à Genève, quand j'ai senti une terrible douleur dans mon corps. J'ai terminé mon tour de chant dans d'épouvantables conditions.

Personne n'a rien vu mais je n'ai pas pu retenir mes larmes. Je me suis évanouie en quittant la scène, transportée d'urgence dans une clinique. Je perdais beaucoup de sang et l'inquiétude des médecins fut grande.

*

J.P.W. était un coureur automobile. Un célèbre et riche champion. Lorsqu'il me quittait pour une course, j'avais peur. Dans ma petite chambre, je restais l'oreille collée au poste pendant la retransmission de la compétition. J'attendais que le calvaire se termine.

Lorsque la course se déroulait à l'étranger, j'espérais un appel rassurant. « Mademoiselle Gréco ! » hurlait la propriétaire de l'hôtel. Je dévalais les escaliers jusqu'au rez-de-chaussée et, l'écouteur collé à l'oreille, pleurais de soulagement.

Puis quelques jours plus tard, il montait quatre à quatre les marches de l'hôtel Bisson, quai des Grands-Augustins, ouvrait la porte et me soulevait de terre dans ses bras. Nous sortions, allions danser, terminions la soirée au Tabou, là où je l'avais rencontré.

Un jour, il m'a invité à le suivre en Italie. Il avait rendez-vous chez le constructeur Alfa Romeo, son nouveau bolide était prêt. J'ai accepté de le suivre et emporté quelques vêtements dans un bagage à main. C'était la première fois que je logeais dans un hôtel luxueux. Depuis, rien ne m'a jamais semblé aussi beau, ni aussi bon.

Nous avons déjeuné longuement sur la terrasse, puis J.P.W., attentionné et discret, m'a donné quelques lires et m'a proposé d'aller m'acheter des chaussures pendant son absence. Je suis revenue avec de très jolies sandales à lanières fabriquées à Capri. Ses yeux s'écarquillaient de surprise. Mes chaussures ne correspondaient pas à ce qu'il imaginait. Il n'a pas compris pourquoi je n'avais pas acheté plus de choses, plus luxueuses. Des vêtements ? Non.

Je n'en avais pas envie, je n'y pensais pas. Il était là, près de moi, et c'est ce que je voulais. Rien d'autre.

Au volant de sa magnifique Alfa Romeo, nous avons regagné la France en faisant une halte sur la Côte d'Azur, dans le somptueux hôtel du Cap, à Antibes. Nous y avons passé quelques jours de rêve. Le jour de notre départ, à mon réveil, j'ai pris un dernier bain de soleil sur la plage de l'hôtel, protégée du vent par les rochers. Allongée sur le sable, la tête en arrière, le visage offert à la chaleur des rayons, je me sentais merveilleusement bien. Heureuse. Je n'ai pas entendu J.P.W. me rejoindre, j'ai juste senti son doigt se poser sur mon nez, et entendu cette phrase : « Comme il est long, ce beau nez ! »

Le couperet tombe net. Je vais haïr à jamais ce nez que déjà je n'aime pas.

Je ne me trouve pas belle, ne m'aimerai jamais. Toute ma vie, j'essaierai simplement de m'accepter. Pour cela, je ferai changer ce vilain nez !

Je serai opérée plusieurs fois par un incapable, la deuxième étant le rattrapage de la première, la troisième et dernière celle de la deuxième, par le très doué Britannique Sir Archibald Mac Indoe, célèbre plasticien réparateur des grands blessés et brûlés de la guerre de 40.

*

J.P.W. ne verra jamais cette transformation. Notre idylle sera frappée, descendue en plein vol, quelques semaines à peine après notre voyage.

Il trouve la mort à Buenos Aires lors d'un entraînement, à bord d'une Gordini, en voulant éviter deux enfants qui traversaient le circuit automobile.

Je vis avec la douleur de sa disparition, bien cachée au fond de moi. À jamais.

65

De retour à la vie

Après la mort de J.P.W., je fais mes premiers pas sur scène.

Je travaille, sors peu. Comme en hibernation, je laisse passer les jours, les semaines et les mois qui m'aideront à retrouver des forces.

L'été suivant, je chante à Antibes, puis, comme les étés précédents depuis la fin de la guerre, je retrouve mes amis à Saint-Tropez, au petit hôtel de la Ponche, tenu par d'adorables propriétaires. Les clients sont leurs protégés, leurs enfants, et les prix sont à notre portée.

Lorsqu'un journaliste veut savoir si Untel est présent à l'hôtel, la propriétaire répond : « Je suis désolée, il est parti ce matin. »

*

J'aime le soleil et la Méditerranée, j'aime la chaleur et la lumière du Sud. Moi qui suis blanche comme le lait. C'est dans le port de la Ponche, où les pointus multicolores, serrés les uns contre les autres, se balancent au gré des vagues, que je vis un rêve.

Le village de Saint-Tropez est un lieu de villégiature, calme et paisible. Depuis les années 1930, les artistes français et quelques riches Américains y posent leurs bagages le temps d'un été.

Dès l'été 1945, je pars y retrouver Boris Vian, qui a une minuscule maison de pêcheur dans le village. Don Byas joue du saxo dans une petite boîte de jazz. Le village est encore un village, mais pas pour longtemps… jusqu'à l'arrivée de Bardot, Vadim et l'équipe de *Et Dieu créa la femme*. La bande de Sagan, Chazot, Bernard Franck, Jean-Paul Faure, Florence Malraux… et bien d'autres copains avaient précédé les envahisseurs.

À l'heure où les pêcheurs font sécher leurs filets et les rangent, les glaçons tintent dans les verres et les jeunes intellectuels s'attablent, discutent et trinquent à la terrasse du bar de la Ponche.

Derrière le comptoir, Boris Vian s'improvise barman, Daniel Gélin et Pierre Brasseur s'en amusent et l'encouragent.

Les journées passent et se ressemblent, dans l'insouciance, le plaisir. Nous discutons des heures puis nous allons nous baigner, nager, dormir un peu avant de dîner sur le port.

Chaque soir, près de l'acacia, sur la petite estrade installée pour l'occasion, on vient écouter des artistes. Mouloudji accompagné de Jacques Douai chante *Les Feuilles mortes*.

Quelques stars américaines sont attirées par la fête : Greta Garbo, Clark Gable, Tyrone Power, que peu de temps après je rencontrerai à Mexico !

Chaque été de cette décennie, je ferai halte quelques jours à Saint-Tropez.

En 1955, j'y retrouverai Françoise Sagan et son frère Jacques Quoirez. Ils louent une grande maison tout près de la Ponche.

Le clan de Sagan est composé d'irréductibles et d'amis de passage. L'atmosphère est estivale, insouciante. Nous rions beaucoup et, à la terrasse du bar de la Ponche, jouons au gin-rummy en misant des haricots.

Françoise y séjourne longuement après son accident de voiture en 1958.

La Ponche est à cette époque un refuge. Un lieu de repos, d'amour et d'écriture.

Tendresse et désespoir

L'amitié et la tendresse sauvent parfois du désespoir.

Ce fut mon cas. Anne-Marie Cazalis, puis Boris Vian, le frère, le véritable ami. Une amitié rare.

Il m'avait sauvée une première fois. Il m'avait rendu la parole, m'avait sortie de mon silence, d'un mutisme maladif. Avec Boris Vian, j'ai eu le plus beau, le plus tendre, le plus intelligent et le moins cher de tous les psychiatres.

Un jour, il m'a dit : « Dis donc, Gréco, tu ne parles jamais, toi ?

– Pour quoi faire ? »

Il savait que je l'aimais beaucoup.

« Quand tu voudras, viens me voir. Je vais te donner mon adresse. J'habite Montmartre…

– Quand ?

– Quand tu peux, le soir, à la fin de la journée. »

Un soir, j'y suis allée, à pied. Ce n'était pas tout près et ça montait, de Saint-Germain à Montmartre !

Les choses ont commencé ainsi. Il me faisait asseoir dans son salon. Le soir tombait, la pièce s'assombrissait. Nous étions assis tous les deux dans le canapé devant la fenêtre, il mettait son bras autour de mes épaules et il me parlait. Il m'a reçue comme ça une fois, deux fois, trois fois, encore et encore…

Et puis, un jour, j'ai commencé à répondre. J'ai entamé une conversation, un dialogue. Il n'y avait qu'avec lui que je parlais. Je ne m'en suis pas aperçue tout de suite.

Un soir, juste avant de le quitter, je me suis dit : « Je parle avec quelqu'un ! »

La parole retrouvée, je la dois vraiment à Boris. Je l'aimais infiniment, comme un grand frère. Il n'avait que vingt-sept, vingt-huit ans et moi, dix ans de moins. Je me souviens de sentiments compliqués pour lui. C'était, je crois, une amitié amoureuse.

Nous nous sommes vus souvent, jusqu'à ce que je tourne dans les films de Darryl Zanuck. J'étais souvent en Amérique ou en tournage en Angleterre, en Allemagne, en Afrique. Lui non plus n'aimait pas ma relation avec Zanuck, le monde du cinéma américain, le luxe et l'argent. Il ne comprenait pas ce que je faisais là.

Un jour, il m'a offert un de ses livres dédicacés : *Si tu en as le temps, parmi les nombreux films…*

Cela voulait tout dire.

J'étais à l'étranger lorsqu'il est mort, en 1959. J'étais malheureuse. Il n'aura jamais connu le succès de son œuvre déjà si grande, c'est triste. Aujourd'hui, Vian est publié dans la Pléiade. J'en suis très heureuse. Ce n'est que justice.

Pour le meilleur et pour le pire

Je n'ai jamais considéré le mariage comme une chose sérieuse.

J'ai, de ce fait, signé à trois reprises. Je me suis mariée pour la première fois, en 1953, avec le beau Philippe Lemaire, rencontré sur le tournage du film de Melville, à Cannes. Je voulais un enfant blond aux yeux bleus. Ce fut fait.

Mon deuxième mari, épousé en 1966, est Michel Piccoli. Nous avions quarante ans, une belle famille recomposée.

Le troisième et actuel époux est Gérard Jouannest. Nous nous sommes mariés à la mairie de Ramatuelle, en 1988. Cela fait plus de vingt ans. Record battu.

Mais je ne suis pas faite pour être épousée ! Je ne me suis jamais reposée sur personne. Il faut savoir rester libre. On peut appartenir à quelqu'un dans son cœur, dans sa tête, dans son corps… Mais on ne peut pas appartenir à quelqu'un sur le simple fait d'un contrat, comme une opération commerciale. Ce n'est pas supportable.

Et vivre ensemble sans le désirer, parce qu'on est mariés, est à mon sens stupide et lâche.

*

En revanche, l'amour est une chose très sérieuse. J'ai aimé passionnément.

J'ai rencontré Sacha Distel, qui était un merveilleux musicien, un superbe guitariste de jazz, très talentueux, au Club Saint-Germain. Il m'a souvent accompagnée à la guitare entre 1954 et 1957. Il était séduisant comme personne. Un garçon délicieux, très beau, très souriant, très tendre. Avec lui, Patterson et Balta, j'ai chanté à l'Olympia, avant de partir avec eux sillonner les routes de France et d'Afrique du Nord.

En le quittant pour Darryl Zanuck, j'ai été un peu cruelle. Mais nous avons gardé une grande amitié, Sacha et moi, jusqu'à la fin de sa vie.

*

J'ai rencontré mon deuxième mari, Michel Piccoli, lors d'un dîner offert par un magazine de presse, en 1966. J'étais assise à côté de lui.

L'acteur américain Robert Stack racontait plein d'histoires drôles et Michel était très bavard. Et puis on s'est revu, on s'est plu et voilà !

Nous passons l'été ensemble, dans la maison que je loue à Saint-Tropez.

La rentrée s'annonce bonne, je prépare un concert au TNP avec Brassens.

La veille de ma première, Michel Piccoli m'accompagne à la générale du *Cheval évanoui*, la nouvelle pièce de Françoise. Ce soir-là, tout le monde a compris ce qui se passait entre nous.

Nous nous marions quelques mois après notre rencontre, à la mairie de Verderonne. Pat est mon témoin, Claude Lanzmann celui de Michel. Je porte une courte robe noire, Michel est en costume crème. Nous avons souhaité un mariage intime, plus qu'intime : nos témoins et nous.

Je me souviens d'avoir dit au journaliste venu nous interviewer le lendemain : « Notre voyage de noces nous mène en URSS. Cette terre m'est inconnue. Je suis heureuse de faire des découvertes avec Michel. C'est pour ça que je l'ai épousé. »

Faire des découvertes, voilà mon moteur. Si l'ennuie me gagne, c'est la fin.

*

L'année de mes quarante ans à ses côtés fut merveilleuse. Nos filles ont le même âge.

Épanouie dans ma vie, je chante *Déshabillez-moi* sur scène, provoquant les regards torpilleurs de certaines femmes assises près de leur mari.

Nous vivions rue de Verneuil et passions nos week-ends à Verderonne. Il aimait cette maison. Il jouait avec les enfants. Il aimait la terre.

Puis nous avons beaucoup travaillé, chacun de notre côté. Tournages et galas nous séparaient pendant plusieurs semaines.

Lorsque nous vivions sous le même toit et qu'il jouait un rôle, il entrait tellement dans la peau du personnage que c'en était à la fois amusant et difficile pour l'entourage. Son travail prenait presque toute la place.

Très, très lentement, imperceptiblement, chacun est entré dans sa zone de brume. Michel n'a pas bien compris pourquoi j'ai divorcé. Il a dit : « Ma femme est folle. »

Ce qui n'est pas faux. Mais dix ans étaient passés et l'ennui m'avait gagnée, c'était donc la fin.

68

Sagan

L'amour et l'amitié se mélangent parfois de façon complexe.

Françoise Sagan n'a jamais bien su séparer l'amour et l'amitié, le corps et l'esprit. Ce que je comprends parfaitement.

Dès notre rencontre, nous avons ri et joué comme des enfants. C'était une vraie rencontre. Flamboyante. Avec cette espèce de force, d'inconscience, de générosité, de folie que peut avoir la jeunesse. Nous n'avions pas du tout la même vie, mais ressentions le même besoin de liberté.

Alors qu'elle s'étourdit en vivant la nuit, prend des risques de « trompe-la-mort » au volant de ses bolides, moi je chante, enchaîne récitals et films. Nous nous comprenons, nous partageons le goût du risque.

Pourtant, elle a un penchant pour l'autodestruction, le romantisme, moi pas. Notre contact au monde extérieur est un peu similaire, méfiant et troublé par cette soudaine célébrité.

*

Je l'ai connue en 1955, peu après la publication de *Bonjour tristesse*. Elle est venue me voir rue de Verneuil ; elle voulait écrire des chansons. Elle m'a proposé quatre textes, très beaux, sur des mélodies de Michel Magne, un jeune compositeur de talent rencontré un soir, dans un cabaret. Il fera une carrière fulgurante, notamment en écrivant une centaine de musiques de film.

J'ai aimé ses textes et enregistré *Sans vous aimer*, *Le Jour*, *La Valse*, *Vous mon cœur*. Claude Bolling a collaboré aux arrangements.

Nous étions deux farceuses impénitentes. Ne prenant pas vraiment la vie au sérieux, nous avions gardé la cruauté de l'enfance. Mais j'étais plus radicale que Françoise. Elle, elle prenait des détours infinis pour tout, pour dire au revoir aux gens comme pour en tromper quatre à la fois.

Tromper quatre à la fois, c'est réalisable, mais elle voulait mener tous ses attelages en ménageant la chèvre et le chou, ce qui n'est pas toujours possible, même en sachant mentir. Elle savait le faire.

Moi, je m'en tiens à l'omission, je ne dis pas toujours ce qui est, mais je n'invente pas.

Cette espèce d'enfance retrouvée m'a séduite. C'était une relation très pure. Quand on dit : « Elles ont été très proches », on n'a rien dit.

Une histoire d'amour, ce n'est pas cela du tout. L'amour, c'est un merveilleux sens de la protection mutuelle. Françoise et moi, nous nous sommes beaucoup protégées.

Nous sommes restées liées pendant des années. Ensemble ou séparées. Mais ensemble, il y eut *Bonheur, impair et passe* en 1963. Pièce écrite par Françoise ; je joue au côté de Daniel Gélin, Trintignant et Michel de Ré. Pat compose la musique de scène.

Belle expérience, beaucoup d'amusements et d'erreurs de travail.

*

Je me souviens d'un jour, rue de Verneuil, où nous avons parlé de moi.

J'étais avec un homme qui commençait à m'ennuyer, même si Françoise me délivrait de cet ennui. Et je lui ai dit : « Tu te rends compte, je m'ennuie tellement que je n'ai même plus le courage de me raser les jambes. »

Ce qui me semblait le comble du laisser-aller. Elle m'a fait répéter, avant de rire à gorge déployée, et de me faire rire de son rire.

Quand je pense à elle, c'est le mot exquis qui s'impose. Légère, élégante dans la moindre de ses pensées, dans tous les gestes et les actes de sa vie.

Ce qui nous a éloignées, finalement, c'est sa dépendance à la drogue. Je n'ai pas supporté de la voir se détruire.

Il y avait toujours cette complicité instinctive entre nous mais, de ma part, une complicité de plus en plus attristée. Et une folle inquiétude. Je la sentais de plus en plus menacée dans son corps.

Un jour, assise sur mon canapé, elle me dit : « J'ai tellement mal… Je souffre tellement… Il faut que tu appelles immédiatement SOS médecins. »

Elle voulait juste du Palfium. J'ai compris qu'il y avait là quelque chose qui n'allait plus du tout. Elle est entrée en clinique de désintoxication tant de fois… mais elle séduisait régulièrement quelqu'un du personnel médical et obtenait ce qu'elle voulait.

La lassitude arrive quoi qu'il en soit, reste l'amitié, reste la tendresse, reste le partage. Tout ce qu'il y a de plus précieux, finalement. Tout ce qu'on ne peut pas retrouver avec quelqu'un d'autre.

Des corps, il y en a plein, des cœurs, il y en a beaucoup moins, des intelligences, encore moins. Je n'avais plus envie de rire. Et, sans rire, plus d'amour.

C'est terrible de voir quelqu'un pour qui on a de l'amitié, du respect, de l'amour, de l'admiration, se détruire.

Elle m'en a sûrement voulu de mon éloignement. Je lui ai expliqué que je ne supportais pas son attitude face à la drogue. Elle l'a vécu comme un abandon. Mais c'était insoutenable. Donc, je suis partie.

*

Quand elle s'est installée avenue Foch avec Ingrid Mechoulam, je l'ai vue parfois extrêmement heureuse, comme une enfant gâtée mais peu à peu, le plus souvent, torturée. Elle ne pouvait pas affronter sa dépendance. Elle voulait fuir quelque chose qu'elle n'avait pas le courage de repousser.

Or, cette dépendance, on peut se demander si elle ne l'a pas entretenue soigneusement. En se disant que, peut-être, c'était bien de se détruire comme ça. Lentement, mais sûrement…

Je suis inconsolable de son malheur. C'est un tel gâchis… Elle était douée et faite pour le bonheur, pas pour le malheur.

Elle aimait rire et jouer, comme l'enfant qu'elle était restée.

*

L'amitié se découvre parfois de forts penchants pour l'amour. L'amitié, c'est l'amour debout, en marche. Nous étions des amies, chacune mariée à de belles personnes.

Gérard Jouannest et moi partagions la scène, les tournées, les longs voyages. Nous nous sommes soutenus dans des moments difficiles. L'amour est né de notre complicité et de notre travail. Une aventure partagée. Un bonheur.

Nous travaillons en symbiose piano/voix. Gérard me connaît parfaitement, musicalement, humainement. C'est notre vérité à nous. Ce n'est même pas du partage, c'est un tout. C'est quelque chose de très fort. Et son humour fracassant est là. Aussi présent que son talent. Immense. C'est pour cela que ça dure.

69

Laurence-Marie

En attendant mon enfant, j'ai fait plusieurs allées et venues à la clinique du Belvédère à Boulogne.

Un placenta praevia m'interdisait la station debout. Sous peine d'hémorragie.

Un jour, on m'a gardée car les premières douleurs commençaient. Le chirurgien était perplexe et catholique. Mon cas était grave : garder la mère ou l'enfant. La médecine et la vie ont décidé que ce seraient les deux. Merci.

Je suis reliée directement à un donneur, étendu à côté de moi. L'homme est nain. Je croyais être dans un rêve étrange. Je lui suis encore reconnaissante. Je ne pourrai voir mon enfant qu'une semaine plus tard.

Durant les trois premières années de sa vie, une nourrice s'est occupée d'elle à la maison. Elle prenait souvent Laurence-Marie quand j'étais absente et l'emportait chez elle. Son fils était atteint de tuberculose. J'ignorais tout cela. Laurence-Marie a donc de ce fait contracté la maladie. Une primo-infection !

J'ai décidé de la mettre en pension en Suisse dans une maison formidable avec d'autres enfants de son âge, tenue par une femme exemplaire qui a veillé sur elle avec une infinie tendresse. Je m'en occupais dès que je pouvais.

Lorsqu'elle était à Paris avec moi, je ne me consacrais qu'à elle. Elle attendait avec impatience ces moments de retrouvailles et haïssait quiconque venait troubler notre intimité.

Ma mère vivait avec nous, rue de Verneuil, dans un appartement contigu au mien, sur le même palier. Elle s'occupera de ma fillette jusqu'à ce que je comprenne que l'éducation qu'elle lui donnait était trop dure, sans tendresse aucune.

*

Avoir un enfant est une chose extrêmement grave, contrairement à ce qu'ont l'air de penser quantité de gens. D'une part parce que cet enfant, il sort de nous, avec son petit col de fourrure autour du cou, et puis il s'en va dans la vie. Il nous quitte.

La première des choses à faire, quand on met au monde un enfant, c'est de s'en occuper, ce n'est pas de l'aimer. On aime comme un animal aime son enfant. Les premiers instants de la vie d'un enfant, on l'écoute respirer ; on met la main dans le berceau pour savoir s'il respire ; on lui donne à manger ; on lui donne à boire. On le soigne. On le surveille et puis on apprend à l'aimer, si ça marche. Quelquefois, ça ne marche pas. Ce n'est pas une obligation. L'obligation, c'est de s'en occuper, de l'élever. L'aimer est une autre affaire. Ce sont deux choses bien distinctes.

On n'aime pas un enfant parce que c'est le nôtre.

On aime aussi un enfant de la même manière quand on l'adopte.

*

L'Enfant secret est une déclaration d'amour. Une femme qui aurait souhaité avoir un enfant de l'homme qu'elle aime. Comme chaque femme qui n'a pas eu d'enfant et rêve d'en avoir un. La presse a pensé que j'écrivais mon histoire. Mais pas du tout !

Ce qui est curieux, c'est que lorsqu'une femme écrit quelque chose d'intime, on considère que c'est totalement autobiographique, alors que les hommes ont le droit, eux, d'inventer des choses.

Détrompez-vous, je suis extrêmement imaginative. La preuve en est que je transforme tout. Tous les textes qu'on me donne, je les transforme, je les phagocyte. Je les fais miens, le temps d'une chanson.

Mon abécédaire

A

Appartenir : Cela ne me dit rien… Ou alors c'est un choix.

Amour : Superlativement un choix, souvent incompris par les autres. Tout ce qu'on a de meilleur en soi, c'est-à-dire liberté de l'autre, c'est-à-dire respect de l'autre, c'est-à-dire amitié, quelquefois, et souvent admiration. Amour, c'est tous les sentiments les plus avouables. C'est en même temps une certaine notion de générosité, de tolérance et puis de feu. Et puis il y a tant de sortes d'amour, avec chacune leur spécificité : amour maternel, amour fraternel, amour charnel, amour passion… encore faut-il sans doute distinguer passion et amour.

Apparence : Apparence physique, c'est une certaine forme de courtoisie.

Arbre : Vie, ombre, fraîcheur et danger de le voir grandir. Voilà.

Amitié : Je redis amour.

Amant : Et là je redis choix.

Argent : N'est pas un but mais un formidable moyen.

B

Baisers : L'enfance, la tendresse, la douceur... C'est, par un petit bruit sonore, éviter les mots. Avec des sonorités diverses. C'est simplement délicieux. Et ça veut dire beaucoup, beaucoup, beaucoup de choses. Cela veut dire merci, aussi.

Beauté : Très difficile. S'il s'agit de moi, quand on m'a trouvée belle, je n'y ai jamais vraiment cru. Mais je serais incapable de vivre sans beauté. C'est un besoin. Si j'ai cette maison dans le Midi, c'est pour la qualité de la lumière. Beauté, c'est aussi l'art. Une promenade dans le jardin des Tuileries... les sculptures... la mémoire du lieu... les peintres. Ou l'apparence d'une femme, d'un homme. C'est aussi divers que l'amour, la beauté... les beautés... les beautés de la vie. On regarde le ciel et c'est la beauté.

Bonheur : Toutes ces petites choses de l'existence... minuscules... qu'on croit parfois sans importance, mais qui sauvent... les petites choses... Écouter l'herbe pousser. Regarder quelqu'un qu'on aime. Le bonheur, c'est marcher. Le bonheur, c'est vivre.

Bonté : Je n'y crois guère. Je ne pense pas qu'il y ait des gens foncièrement bons. Je suis parfois tentée de changer d'avis en observant ma petite-fille : pas une once de méchanceté chez cette personne. Mais, malgré tout, bonté... je ne vois pas. Peut-être chez des gens qui ont vécu des choses terribles. Je crois en la compassion, en la générosité, en l'attention aux autres. Mais bonté... je ne comprends pas bien le mot. Je ne sais pas.

Bravo : La récompense ultime.

C

Chaleur : Chaleur, vacances ; chaleur, bonheur vraiment, confort, douceur. Pour moi la chaleur n'est pas synonyme d'écrasement contrairement à beaucoup de gens qui en souffrent. La chaleur me ravigote plus qu'elle m'abat.

Chance : Si cela signifie quelque chose, j'en ai eu. Énormément. Souvent on me dit que ce n'est pas de la chance, mais moi je crois que si. Comment ai-je rencontré tous ces gens qui m'ont aidée à grandir, à essayer de comprendre, à avoir un regard sur les choses ? Je crois à la rencontre, donc à la chance.

Colère : Cela ne m'arrive pas très souvent, mais quand cela m'arrive, c'est épouvantable. Mais il n'y a pas que des colères intimes, privées. J'ai des colères politiques. Et assez fortes depuis quelque temps. Ce que je vois n'est pas du tout ce que je voulais. J'ai été communiste, je ne le suis plus… sinon que c'est comme la religion, on s'en débarrasse difficilement.

Charité : Non, pas charité. Charité bien ordonnée commence par soi-même… Charité, non.

Chanson : Vie, échange, possibilité de correspondre avec l'autre, possibilité de dire ce qu'on a envie de dire alors qu'on ne l'a pas vraiment mérité. Avoir une tribune, pouvoir s'exprimer. La parole des autres au service de ses propres convictions. Très important. Et puis c'est une fenêtre ouverte dans le mur. On est enfermé et, tout à coup, on donne un coup de poing et le soleil entre. L'oubli aussi… rendez-vous d'amour pendant une heure, deux heures…

Un cadeau magnifique. Et on ne sait pas trop pourquoi. Je connais des gens auxquels je trouve beaucoup plus de talent qu'à moi et qui n'ont jamais
réussi à obtenir une écoute... Je ne veux pas donner de noms parce que c'est douloureux. Il y a
une question de physique aussi. Être un peu moins
laide qu'une autre accroît la possibilité de se faire
entendre... injuste.

Couple : Ça existe, ça ? Je ne sais pas. Si, peut-être
ce couple de tourterelles que je vois là-bas dans le
jardin.

Colonels : C'était la Grèce. Combat. Ce pays magique
entre leurs mains. On ne pouvait pas laisser passer
cela sans rien dire. Il faut combattre avec les toutes
petites armes qu'on a. Je ne suis qu'un grain de
sable tout noir, mais je raye, comme tous les grains
de sable. Alors on peut enrayer la machine, un tout
petit peu sans doute, mais quand même.

Chien : Quelqu'un qui vous attend. Qui sait quand vous
rentrez. Qui ne vous demande rien d'autre qu'un
amour, et qui en donne beaucoup. Mais ça ne vit
pas assez longtemps, alors c'est une bête à chagrin.

Chat : Là, c'est la liberté, l'indépendance ! Je me sens
bien proche du chat. Je m'en vais quand je veux, je
reviens quand je veux. J'aime bien les chats ! Une
drôle de bête, magnifique et mystérieuse. Quand je
pense chat, je pense aussi à Leonor Fini.

Consentir : Pourquoi pas, parfois. On peut consentir à supporter certaines gens. Consentir est plus
matériel que moral pour moi. Je consens à aller
me faire opérer mais je ne consens pas à pardon-

ner. En terme moral, je ne sais pas ce que ça veut dire. Je me trouve un peu comme une poule qui a trouvé un couteau !

Cupidité : Ne fait pas partie de mon vocabulaire.

D

Déménagement : J'adore… pour aller dans une autre maison ! D'ici, à Ramatuelle, je n'ai pas envie de déménager parce que je ne peux pas emporter la mer avec moi. Je me sens tenue de rester là, parce que la beauté est là ; parce que la mer est là ; parce que la chaleur est là ; parce que le soleil est là ; parce que la douceur est là ; parce que la violence de la nature est là aussi. La Côte d'Azur, ce n'est pas une carte postale du tout… C'est d'une violence extrême ! Mais déménager, c'est épatant…

Douceur : Rare, très rare. La douceur, c'est très rare. Doux, le poil du chat. Parfois, quand on se sent très mal, dans le regard de l'autre, il y a cette espèce de calme. De chose qui vous calme. De douceur. La douceur… s'il n'y en a pas dans l'amitié et dans l'amour, alors ils n'existent pas. La douceur, c'est aussi l'eau. Rien de plus doux que le bain, se couler dans l'eau. Et puis, douceur, c'est la peau, bien sûr.

Domination : Un instant de vanité. Pas très intéressant.

Don : Don de soi. Pour moi travail, chanter, aimer, rire ; donner de soi. Qu'a-t-on d'autre à donner que soi ? Quand on donne de l'argent, ce n'est pas donner quelque chose. Le don n'est que le don de soi.

Danger : C'est quoi le danger ? Danger de quoi ? Il y a des mises en danger objectives, des opérations dangereuses, mais je pense à un danger plus intérieur. J'ai toujours vécu en danger sans doute, mais je n'ai aucune fascination pour le danger. Pourtant, j'aime peut-être cela, être en équilibre sur le gros orteil. Peut-être suis-je née avec ça : danger dans le travail, dans les choix, dans les opinions, danger dans la santé... danger à tous les étages...

Dormir : Pas évident. C'est par hasard, mais c'est délicieux. J'aime d'autant plus dormir que c'est rare. Quand ça arrive, c'est un petit miracle.

E

Engagement : Danger, amour, espoir, fraternité. C'est un mot qui est une évidence pour moi. J'ai toujours vécu ainsi, depuis l'enfance, ça fait partie de mon sang, de ma sueur, de mes larmes, de mes rires. De ma vie. Mais je trouve que les choses n'avancent pas. Et même qu'on est en ce moment dans une période de régression absolument spectaculaire.

Été : Ce n'est pas ma saison préférée, parce que quand je sors de la maison, il y a beaucoup, beaucoup, beaucoup de monde ; beaucoup de bruit ailleurs que chez moi, donc... Été... Je préfère faire des festivals, travailler.

Excès : N'existe pas ! Je me souviens de ce que disait Françoise Sagan : « L'excès, c'est un goût ou un sens. On le promène à travers la vie, et ce qu'on trouve délicieux à l'existence, c'est qu'elle offre toujours de nouveaux excès à faire. » Ou bien Eleanor Roosevelt : « *A little too much, it's just enough for me.* »

Écoute : Essentiel. Ceux qui ne sont pas capables d'écouter sont infirmes de la vie, infirmes des autres. Et sans écoute, pas de culture.

Égalité : Fraternité. Oui, oui. Je suis d'accord. L'égalité n'est pas possible. Elle n'est déjà pas possible au départ parce que nous n'avons pas tous le même cerveau, donc, ça commence mal !

Ego : On a en sans doute, mais je ne comprends pas ce que cela veut dire. Égaux oui. Et impossible.

F

Fan : Fanatique de quelqu'un. C'est parfois bouleversant, parfois envahissant. Mais si on n'avait pas cela, que ferait-on ?

Fatigue : Se combat. C'est une habitude à prendre. Je veux bien dire : « Je suis fatiguée », mais je ne veux pas le montrer. Je dis : « Ah, je suis fatiguée ce matin » mais je me mets à trotter autant que mes forces me le permettent. Non, le dire, non… ça ne se fait pas !

Féminisme : Essentiel et gravissime. Et là aussi je suis en colère. On est en pleine régression et j'ai l'impression que ça baisse un peu les bras dans les chaumières des femmes. Je suis inquiète. Je ne défile pas habillée en homme avec un drapeau, mais je vis habillée en femme avec mes arguments. Je me suis toujours servie de mon état de femme, avec une certaine effronterie assurément, non sans humour heureusement, mais je me suis servie assez honteusement de ce que j'avais pour gagner, pour faire gagner les autres. Il n'est pas toujours nécessaire de crier. Moi je suis pour dorer la pilule, lentement mais sûrement. Or cela n'a plus l'air d'être le cas. On revient à une certaine forme d'acceptation qui ressemble un peu à un renoncement.

Folie : C'est moi que vous avez appelée ? Je suis folle bien sûr, mais je le sais. Je ne sais pas exactement pourquoi, mais je sais que je ne suis pas tout à fait normale. Normale par rapport à ce qu'il est convenu d'appeler une femme convenable. Je n'ai jamais été installée dans un moule. Je suis vite sortie du moule. On avait mis trop de levure et la pâte a gonflé et débordé du moule. Je sais que je suis excessive, bien que je conteste le mot excès, à la fois dans mes amours et dans toute la vie. Je n'ai jamais été très consciente des limites, je refuse le mot limite, c'est comme s'il y avait des barbelés au bout de la prairie. Penser qu'il n'y a pas de limite, c'est une forme de folie. Mais je suis sage dans ma folie et dans les folies. Je donne le change, j'assume mes devoirs et, au-delà, je prends en charge des choses très simples, très matérielles, de la vie... Enfin de ce qu'ils appellent la vie.

Farouche : Totalement. Il ne faut pas me marcher sur les pieds ni me mettre la main aux fesses. Je serais plutôt du genre seule. Je ne veux pas qu'on me tripote.

Fleurs : Couleurs... Van Gogh... Manet... chaud... lumière. Tout bien et tout beau. J'aime voir pousser mes fleurs. Au printemps, je surveille de près les jonquilles, on dirait qu'elles ne vont pas se décider à fleurir. Il faut les surveiller pendant un long moment. Et elles fleurissent... fleurs et vie.

G

Gagner : Il faut gagner des sous, oui. C'est le problème de chaque jour. La première chose, c'est gagner assez d'argent pour rendre les gens autour de soi le moins malheureux possible ou le plus heureux possible. C'est selon. Donc gagner, c'est travailler.

Gloire et célébrité : Allons enfants de la patrie... gloire à un côté militaire. Cela me rappelle ma mère. Elle avait le sens de la gloire. Et de l'honneur. Liberté, égalité, fraternité, République. Elle a été gaulliste quand il le fallait, résistante. Elle savait ce qu'était la gloire et aimait les honneurs. Moi, gloire, je ne sais pas.
Les honneurs, ils me font plaisir. Je n'y crois pas, mais pendant un instant je trouve plaisant que les gens me regardent avec des yeux différents. C'est le regard des autres qui fait plaisir à ce moment-là. Ça passe vite, il ne faut pas y croire, mais pour quelques instants, un verre de champagne à la main, c'est bon. Bon et bref.
La célébrité, c'est ce que les autres pensent de vous. C'est parfois, souvent même, éphémère. Et ce n'est pas ce que l'on pense de soi, en tout cas pour ce qui me concerne.

Guerre : Trop bête. Lamentable. La permission de tuer sans se sentir coupable. J'en ai traversé une. D'autres, à commencer par ma mère et ma sœur, déportées, ont eu un sort plus douloureux que le mien. Mais ce cortège de tueries, de massacres, d'humiliations, d'ignominies, de mépris… épouvantable… insupportable… On dit toujours les mêmes banalités sur la guerre, sur son absurdité. Et elle continue. Il y a toujours une guerre quelque part.

Guépard : Ça démarre à toute pompe… Guépard… je rêverais d'être un guépard et de pouvoir me barrer à 110 à l'heure en une seconde. Guépard… j'adore…

H

Horreur : Guerre. Mais aussi misère.

Histoire : Petite histoire, grande histoire, nos histoires. Histoire de certains hommes, de certaines femmes, qui nous ont fascinés, bouleversés, nourris. Histoires de guerre, horribles, et pas même dissuasives pour l'avenir. Pourtant il faut continuer à enseigner l'histoire. Savoir ce qui s'est passé avant permet de penser, c'est peut-être ce qu'on trouve dangereux puisque, paraît-il, on veut réduire l'enseignement de l'histoire. Quand je pense Louis XIV, je vois aussi tout un cortège de musiciens, d'écrivains, de poètes, de comédiens… une grande page d'histoire. Grandes histoires des pays, petites histoires de nos vies, délicieuses histoires de tous les romans. Histoire, mot clé.

Hiver : Je n'aime pas l'hiver. J'aime bien regarder la neige mais je déteste la sentir sous mes pieds. Nous sommes allées chercher nos enfants, une année, ma sœur Charlotte et moi, à Megève… Nous avions l'air absolument ridicules, dans la neige. Moi, c'est viscéral. Je déteste avoir froid. Le ski… traumatisme de misère. Quand je suis sortie de prison, pendant la guerre, j'étais très malade, très faible, 8,5 de tension. Hélène Duc, qui m'avait recueillie, connaissait très bien une famille d'éditeurs extrêmement fortunés qui avait une fille un peu trop ronde. Et cette fille, il fallait qu'elle aille faire du ski. Ils m'ont envoyé avec elle à la montagne, par pitié pour moi et pour tenir compagnie à cette fille… Donc, j'arrive à la montagne et on me donne un vieux pantalon de la fille en question, marron qui plus est ; j'enfile le pantalon, un peu vaste pour moi ; je mets un gros chandail ; on me met des skis aux pieds pour voir comment je tiens dessus ; je me baisse, le pantalon craque et je me retrouve les fesses au vent, en culotte… Je suis rentrée avec la honte devant et derrière et dans la tête « plus jamais ». Plus jamais de « ski »…

I

Intimité : Voilà un mot qui dit bien ce qu'il veut dire : il n'y a rien à dire. Ce qui se passe entre deux êtres ne regarde qu'eux, et est incompréhensible de l'extérieur. Intimité, c'est le secret. L'intimité, c'est très rare entre deux personnes… des choses qui ne se diront pas, qui ne se diront jamais plus. Un trésor. Un trésor caché. Je n'aime rien tant que les secrets.

Ivresse : Youpi ! Comment disent-ils à la télé… sans excès… avec modération… Voilà bien un mot que je déteste. Fuyons la modération !

J

Jalousie : C'est incontrôlable. Moi, je n'ai jamais été jalouse de la position sociale des gens. Je n'ai jamais été jalouse d'autre chose que de quelqu'un qui riait plus avec quelqu'un d'autre que moi. Ça, ça me rend malade. C'est une chose terrible. Le partage du rire, le partage de la plaisanterie et le partage de l'humour sont beaucoup plus graves que le partage de l'amour, physique, j'entends. L'amour physique étant une chose tout à fait particulière et extraordinairement changeante. Heureusement !

Jeu : Jeux de séduction, jeux d'argent, jeux gratuits, jeux pour le plaisir de jouer, jeu au singulier, tout ça, très amusant. J'aime le jeu.

Joie : Ce qui nous reste d'enfance. Joie de rire, joie de voir de belles personnes, joie du spectacle, joie de la victoire, joie à en éclater de rire. Quand on a ce qu'on appelle la joie, cela doit se voir sur le visage. On est plus beau. La joie rend beau. Plus beau qu'on est, à coup sûr. Joie, moment de bonheur.

Jazz : Découverte... Découverte d'une Amérique... Découverte de l'imagination et de l'art de ce peuple noir. Jazz... Miles Davis... Délice, virgule, point.

L

Loi : Je ne suis pas très au courant. C'est évidemment nécessaire, utile, indispensable à la vie en société. Et souvent tellement aberrant.

Lutte : Fait partie de tous les combats dont nous parlions. Vie… lutte constante.

M

Maison : Maison, bonheur. Maison, bonheur des autres. Maison, confort des autres. Maison, beauté des choses. Maison, refuge… Voilà…

Merci : À vous… De vous… Avec amour, le plus beau mot de la langue française. Merci, c'est ce que je ressens profondément pour tout ce qui m'a été donné et que je n'attendais pas… que je n'attends toujours pas… mais que je reçois avec un bonheur fou. Des gens me demandent pourquoi je dis merci. Ils me disent que c'est à eux de dire merci. Je ne le ressens pas comme ça. Je suis éperdue quand je reçois ce que je reçois d'une salle, que ce soit à Montfermeil, à Clichy-sous-Bois ou à la Philharmonie de Berlin. La joie est la même, le partage est le même. Les gens sont là et je les sens comme les mêmes, partout.

Maladie : L'inquiétude des autres. L'angoisse de ceux qui vous aiment. Pour soi, ce n'est pas insurmontable, même si on croit l'issue fatale. Mais c'est un peu dégradant. Humiliant et douloureux. Quand je pense que certains croient que la douleur purifie… la douleur, je ne la souhaite même pas à mon pire ennemi. Si on n'a pas trop peur de la mort, on supporte la maladie. Mais je crois qu'elle doit être terrible pour ceux qui ne se sentent pas aimés. Les gens qui vous aiment, c'est à ce moment-là qu'ils le prouvent plus que jamais. Ils vous prennent la main et ils la gardent. Là on sait qui est qui. Par amour, ils vous obligent même à faire des choses que parfois vous n'avez plus envie de faire. Continuer à se soigner par exemple. Je ne sais pas si, quand j'ai eu une maladie grave, potentiellement mortelle, un cancer, je me serais soignée comme je l'ai fait, avec constance, si je n'avais pas eu de l'amour autour de moi.

Musique et musiciens : Les musiciens ne trichent pas, la musique ne permet pas le mensonge. Sans musique, pas de vie. Musique partout, pas seulement avec des instruments et des notes de musique. Chant des oiseaux, musique de la nature. Enfin musique des hommes. On commence par souffler dans un roseau, on fait sortir des sons, on fait sa propre musique. Je ne crois pas que je pourrais supporter de vivre sans musique.

Mort : Banalité, on naît avec. Quand je suis sortie du ventre de ma mère, j'ai commencé à mourir. Normal. C'est la compagne la plus sûre.

Mariage : Je présume que cela rassure les hommes. Et certaines femmes. Je n'ai jamais vraiment compris, et je l'ai fait. Trois fois. On signe un truc. Mais ensuite, moi, je n'ai toujours signé que Gréco. Et toujours j'ai habité chez moi.

Mensonge : Vrai mensonge, non. Mensonge de confort, de protection ou de courtoisie, oui. Sans mentir, on peut ne pas dire ce qui est. Mensonge par omission n'est pas mensonge. Donc mensonge profond, non. Mensonge de détail, oui.

Maternité : Mettre un enfant au monde, c'est plus ou moins facile. Ensuite tout commence. Si on met un être au monde, c'est pour le protéger. Mais il y a autre chose. Faire que cet enfant vous aime. De même, l'enfant doit faire que vous l'aimiez. Ce n'est pas obligatoire. Pas gagné. Je remercie infiniment ma fille de faire que je l'aime.

Mémoire : Indispensable. Tant la mémoire collective, devoir de mémoire, que mon instrument de travail.

Mer : C'est l'imaginaire. C'est sans fin. Valéry disait : *La Mer, la Mer toujours recommencée…* C'est vrai. La Méditerranée, par exemple, est une garce extraordinaire. C'est vraiment une femelle, la pire des femelles. Elle peut être la plus belle, la plus douce, la plus calme, la plus limpide et tout à coup devenir d'une férocité… Il y a des jours d'hiver où la mer est de métal. C'est extrêmement beau. Des reflets métalliques très violents… C'est dangereux. C'est pour ça que c'est intéressant. C'est pour cela que ça se regarde sans fatigue, sans lassitude et sans habitude.

N

Nager : Non, depuis que mon père m'a laissée me noyer parce qu'il avait peur d'abîmer ses chaussures. Il ne voulait pas entrer dans l'eau. Il était en train de participer à un concours de fleuret, d'escrime. Il était très fort, très bon et habillé assez joliment… C'était dans les années trente, je devais avoir trois ans, quelque chose comme ça. Des gens m'ont repêchée, j'ai repris connaissance et j'ai vu les chaussures de mon père. C'est tout ce que j'ai vu de lui, impeccables au lointain, comme ça… et l'eau était pour moi synonyme de mort, donc j'ai mis très,

très longtemps à récupérer… C'est en Bretagne que j'ai repris contact avec l'eau, très longtemps après. Je ne voulais pas aller à la piscine… Et donc, je ne plonge pas et je nage comme une grenouille. Je nageote, je tiens sur l'eau… Le sport n'est pas mon fort. On dira poliment comme ça.

Non : Ma mère disait que c'était le premier mot que j'avais prononcé. Ni oui, ni papa, ni maman, non… Et je m'en tiens là, d'ailleurs. Je n'ai pas beaucoup progressé de ce côté-là.

Nostalgie : Non… c'est pourtant un joli mot… comme dirait Sagan : « Ce serait un très joli prénom pour une fille. » Mais, vraiment, nostalgie, non.

O

Oser : Absolument. Oser tout. Oser bien sûr. Si on n'ose pas, on n'avance pas.

Oubli : Je ne pense pas que ce soit possible. Enfin, parfois, j'envie ceux qui oublient.

Océan : C'est la force. Océan, cela peut vouloir dire Amérique, ce à quoi nous avons tous rêvé. Au moins la plupart d'entre nous, quand nous étions jeunes.

Obéir : Rayé de mon vocabulaire.

P

Paresse : Je suis une paresseuse extrêmement contrariée. Excessivement contrariée mais je suis très, très, paresseuse. Mais comme pas mal de paresseux que je connais, je n'arrête pas ! Je combats ça d'une manière excessive... mais j'aimerais bien ne rien faire. Pourtant, l'idée de ne pas travailler pendant deux mois, par exemple, m'angoisse terriblement.

Partir : Oui, tout de suite. N'importe où. Partout. Partir... Je sors ma valise. Je vois ma valise et je suis comme un chien auquel on montre sa laisse quand on lui dit qu'il va sortir, sinon que je sors sans laisse.

Pardon : Je voudrais oublier mais je ne pardonne pas. Tout peut revenir au moindre instant, à la moindre odeur, à la moindre image. Je ne sais pas bien pardonner. Je ne sais pas comment on fait. Je n'ai pas eu trop à pardonner, on m'a évité ça. Sinon que je n'ai eu à pardonner que des choses essentielles que je n'ai toujours pas pardonnées... Qui tiennent à l'enfance, à l'adolescence, à la guerre. Je crois qu'il ne faut ni pardonner ni oublier. Il faut simplement ne pas avoir de rancœur. Ce qui est très différent. Par exemple la guerre. Les Allemands... Moi, je ne peux pas pardonner à un homme de mon âge mais je n'ai rien à pardonner à son fils. Le fils n'a pas choisi son père. Et trop souvent, il porte sa culpabilité d'une manière excessive. En Allemagne quand des jeunes gens viennent me demander pourquoi j'accepte de chanter chez eux, je leur explique qu'ils n'ont pas fait le choix d'être les enfants de leurs parents et n'ont pas à payer pour ça.

Peur : Spontanément, j'ai envie de dire que ce n'est pas un mot que j'emploie. Pourtant si, j'ai peur des cons. Des serpents et des moustiques aussi...

Pollution : On l'a bien cherchée. On dirait qu'on a travaillé pour. Il serait grand temps d'y mettre un frein.

Politique : Ce pourrait être, ce devrait être un très beau mot. Une affaire de chacun qui serait confisquée par quelques-uns. Mais ne soyons pas trop pessimistes comme la situation politique actuelle de la France incite à l'être. Il y a eu de très grands hommes politiques. Il faudrait espérer qu'il y en ait encore, qui ne cherchent pas à utiliser l'État à leur profit personnel, mais remettent la politique dans sa fonction de service de l'État.

Parti politique : Pour l'instant, ce n'est pas la fête. Pour moi, Le Parti, c'était le Parti communiste. C'est tout. Point barre. C'est la générosité et la passion de la jeunesse. C'est ne vouloir que le bonheur des autres. C'est l'utopie. Après ça, on s'aperçoit qu'on s'est trompé, ce qui est toujours extrêmement déplaisant, plutôt vexant et surtout douloureux et ensuite on ne fait plus partie d'aucun parti parce qu'on s'aperçoit effectivement que ce n'est pas très reluisant tout ça, que ce n'est pas clair, que ce n'est pas généreux. Voilà. Le Parti, c'est une question de fougue, de jeunesse et d'amour après ça, ça n'existe pas. Je ne fais pas partie d'un parti !

Paparazzi : Ils font leur métier. Il faut bien qu'ils gagnent leur vie. Et puis si on ne veut pas être photographié, on n'est pas photographié. On ne me fera jamais croire le contraire. De même, lorsqu'on est connu, si l'on ne veut pas être reconnu quand on sort, on n'est pas reconnu. Si on ne veut pas donner prise, si on ne désire pas les paparazzi, on ne les attire pas. Je pense qu'on leur fait un mauvais procès. Mais je dois dire, que, personnellement, j'aime bien les journalistes et les photographes. J'en ai connu de magnifiques et je connais encore des professionnels remarquables.

Poésie : Sans ça, tu meurs ! Rien de plus réconfortant que la musique de la langue, la beauté de la langue… le rêve… l'évasion… Indispensable.

Pouvoir : Pouvoir quoi ? Pouvoir faire, oui. Mais prendre le pouvoir sur quelqu'un ? Révoltant.

Public : Ça a commencé par « Salut public ». Comme Comité de salut public ! Révolutionnaire… Ça a commencé par là. Public, c'est ça ! Et je ne savais pas que j'aurais un jour un public et qu'il serait ma raison d'être.

Q

Querelle : Tout à fait normal. Il en faut. C'est parfois bien, le conflit, ça fait avancer. À condition de pouvoir discuter. Sinon, querelle stérile.

R

Rire : Vital. Si on ne rit plus, c'est la mort. Je crois même qu'on en meurt vraiment. À la minute où il n'y a plus de rire entre deux personnes, il n'y a plus de connivence, plus d'intimité. C'est fini.

Remords : Je ne sais pas. Connais pas.

Ressentiment : Non plus. Épouvantable.

Revenir : Un très beau mot. Rentrer à la maison, revenir vers ses amis, revenir d'une aventure. Revenir, le contraire de la mort.

Raconter : Je commence à entendre le plaisir des jeunes gens qui viennent me voir. Je me sens un peu comme une vieille dame, une ancêtre, qui raconte, qui fait revivre ceux qui ne sont plus là. Leur dire que Sartre était drôle, qu'il n'était pas l'image qu'on donne de lui aujourd'hui, répétant qu'il s'est trompé sur tout. Qu'il était jeune, a toujours été du côté de la jeunesse, c'est peut-être ce qu'on lui reproche. Qu'il était généreux, bon vivant, courtois, exquis. Raconter, c'est rendre aux autres leur vérité dans ce qu'elle a de plus beau.

Retraite : C'est un terme militaire, non ?

Rupture : Utile. Fait partie des choses très utiles.

S

Secret : Un trésor à soi. Qu'on peut parfois partager avec d'autres, mais qu'il faut conserver jalousement.

Silence : Indispensable. Fait partie des choses qui ressourcent. Et ça permet d'entendre battre son cœur. Le cœur qui bat, on l'oublie parfois. Mais dans le silence…

Souvenir : Éblouissement et refus.

Sourire : beauté. Un cadeau que vous offrent les autres.

Soleil : Chaud, cruel, source de vie.

Sauvage : Celui qui n'est pas sauvage n'est pas libre. Il est domestiqué, et c'est tout ce que je déteste. Rester sauvage, il le faut.

Sud : Mer chaude, lumière, fruits, poissons. Sud, ma maison.

T

Travail : Vie… question de vie ou de mort.

Torture : Souvenirs.

Talent : Admirable, respectable, bouleversant.

Trahison : C'est la pire des choses qu'on puisse ressentir et qu'on puisse faire à quelqu'un. Je crois que c'est la seule chose que je suis incapable de pardonner. Incapable. Je ne pardonne pas facilement, à dire vrai.

U

Utopie : Bien sûr que oui. Comment faire autrement ?

Urne : Celle où l'on vote, mais aussi urne funéraire. J'espère que les deux seront honnêtes.

V

Vanité : Ne fait pas partie de mon vocabulaire.

Vérité : Fait tout à fait partie de mon vocabulaire. Je trouve que toute vérité est bonne à dire. La vérité sur la maladie, voire sur la mort prochaine. Les gens qu'on n'aime le plus, il faut leur dire. Ce n'est pas protéger les gens que leur mentir. Je suppose que les gens sont assez forts pour supporter la vérité. Une femme qui vieillit, il faut lui dire : « Là, il y a un truc qui ne va pas ». Il faut le faire. Il faut dire les choses.

Victoire : Sur soi-même, parfois oui.

Vent : Angoisse. Je n'aime pas le vent. Peut-être parce que j'ai le cœur fragile. Le vent m'oppresse.

X

Xénophobie : Punition immédiate. C'est ma réaction spontanée. Bien sûr, il vaut mieux essayer de faire comprendre à quel point c'est absurde, il faut éduquer. Mais on n'a pas le sentiment que l'on progresse sur ce terrain-là. Haine, xénophobie, tous les jours…

Remerciements

Merci à Aurèle Cariès, pour sa précieuse aide.

Merci à mon éditrice, Sophie Charnavel, et à toute l'équipe de Flammarion.

Merci aussi à mon amie Josyane Savigneau pour sa relecture aiguisée.

Table

Enfant terrible

La guerre

Les années Saint-Germain-des-Prés

Vivre à chanter

De bien belles rencontres

Chanter, jouer...

La scène

Engagée et... libre

Aimer

RÉALISATION : NORD COMPO À VILLENEUVE-D'ASCQ
IMPRESSION : CPI FRANCE
DÉPÔT LÉGAL : JANVIER 2013. N° 109808-2 (3040838)
IMPRIMÉ EN FRANCE

Éditions Points

Le catalogue complet de nos collections est sur Le Cercle Points, ainsi que des interviews de vos auteurs préférés, des jeux-concours, des conseils de lecture, des extraits en avant-première…

www.lecerclepoints.com